O MENINO QUE NÃO ROUBAVA
uma história de superação

Editora Appris Ltda.
1.ª Edição - Copyright© 2024 do autor
Direitos de Edição Reservados à Editora Appris Ltda.

Nenhuma parte desta obra poderá ser utilizada indevidamente, sem estar de acordo com a Lei nº 9.610/98. Se incorreções forem encontradas, serão de exclusiva responsabilidade de seus organizadores. Foi realizado o Depósito Legal na Fundação Biblioteca Nacional, de acordo com as Leis nos 10.994, de 14/12/2004, e 12.192, de 14/01/2010.

Catalogação na Fonte
Elaborado por: Dayanne Leal Souza
Bibliotecária CRB 9/2162

L533m 2024	Leiva, Antônio O menino que não roubava: uma história de superação / Antônio Leiva. – 1. ed. – Curitiba: Appris, 2024. 149 p. ; 21 cm. ISBN 978-65-250-6879-4 1. Infância difícil. 2. Adulto vencedor. 3. Poesia. I. Leiva, Antônio. II. Título. CDD – B869.91

Appris
editora

Editora e Livraria Appris Ltda.
Av. Manoel Ribas, 2265 – Mercês
Curitiba/PR – CEP: 80810-002
Tel. (41) 3156 - 4731
www.editoraappris.com.br

Printed in Brazil
Impresso no Brasil

ANTÔNIO LEIVA

O MENINO QUE NÃO ROUBAVA
uma história de superação

LIVREESCRITA
Curitiba, PR
2024

FICHA TÉCNICA

EDITORIAL	Augusto V. de A. Coelho
	Sara C. de Andrade Coelho
COMITÊ EDITORIAL	Marli Caetano
	Andréa Barbosa Gouveia (UFPR)
	Edmeire C. Pereira (UFPR)
	Iraneide da Silva (UFC)
	Jacques de Lima Ferreira (UP)
SUPERVISORA EDITORIAL	Renata C. Lopes
PRODUÇÃO EDITORIAL	Daniela Nazario
REVISÃO	Pâmela Isabel Oliveira
DIAGRAMAÇÃO	Amélia Lopes
CAPA	Lívia Costa
REVISÃO DE PROVA	Alice Ramos

Prefácio.

Tive o prazer de ler alguns livros do festejado autor, como o *Retorno ao Coração* e *Vivendo no Amor*. Agora, Antônio Leiva nos brinda com mais uma obra primorosa: *O menino que não roubava*. Coube-me a honra e satisfação de ler e reler este trabalho literário de alto quilate, no qual o autor traz a lume a sua biografia, traçada em rompantes poéticos e de sublime sensibilidade, com estilo direto, informado por emoções experimentadas na sua infância até a idade adulta, narrando episódios que ora lhe causaram dor, ora deram prazer e conforto à sua alma.

Marcante a sua odisseia. Depois de ter enfrentado, ainda na infância, uma jornada de trabalho exaustivo, no campo e em várias cidades, migrou para São Paulo. Ali, a duras penas, conseguiu ingressar no Banco do Brasil, por concurso público. Apesar desse sucesso, experimentou uma paixão avassaladora pela jovem Jade, amor não correspondido, que lhe causou muito sofrimento. Posteriormente, refez a sua vida amorosa se relacionando com outras garotas: Akiko, Cleide e outras.

Retornando à cidade de Marília, conheceu Cristina, com quem se casou. Da união frutificaram três filhos e cinco netos, e perdura há mais de 50 anos.

Em seu livro, ainda relata episódios da sua experiência como advogado militante, do tempo em que continuava trabalhando no Banco do Brasil. Evoca passagens dos tenebrosos tempos da ditadura militar no Brasil, de triste memória.

Residindo em Brasília, agora no seleto quadro de advogados do Banco do Brasil, foi guindado à assessoria jurídica da instituição.

Ao lado de outros renomados profissionais, foi convidado a ativar a então criada Procuradoria-Geral da União.

Aposentado da advocacia, dedica-se agora à literatura, especialmente voltada para a área de relações humanas. Realiza palestras, produz e apresenta o programa radiofônico intitulado "Vivendo no Amor", que é ouvido semanalmente por mais de 50.000 pessoas ao redor do mundo.

A leitura deste livro certamente motivará leitores de todas as idades a alcançar o merecido sucesso.

José Divino de Oliveira

Desembargador do Tribunal de Justiça do Distrito Federal e Territórios

Sumário.

EU ERA FELIZ E NÃO SABIA 11

AS LUZES DO ADEUS 13

A GRANDE ENGRENAGEM DA VIDA NÃO PARA DE GIRAR 15

NA CHÁCARA ESPANHA 17

MEDO USADO PARA DOMINAR 20

A MADRASTA 24

ALEGRIA E ADEUS 25

NA CIDADE DAS PENAS: PENÁPOLIS 30

INJUSTIÇA QUE DÓI 32

À MESTRA COM CARINHO 35

SEIS MESES NO PARAÍSO 38

POBRES POMBINHAS SELVAGENS 43

A ONÇA-PINTADA 46

DE VOLTA ÀS ORIGENS 47

A VIDA CONTINUA 49

APARECE UMA SANTA 52

NO RETORNO,NOVAS DORES 54

DE NOITE, O MEDO 56

TRABALHO PESADO..58

O GOSTO PELO CINEMA E... MUITO TRABALHO...............................60

COMPREENSÃO, AINDA QUE TARDIA...63

MAIS VERGONHA PARA UM MENINO SOLITÁRIO...........................66

UMA NOVA EPOPEIA COMEÇAVA..71

SÃO PAULO QUATROCENTÃO..74

UM NOVO EMPREGO...76

O RECOMEÇO DOS ESTUDOS..78

PROGRESSO À VISTA..80

SONHO DE LIBERDADE...84

FELIZ E EM PAZ..87

AS DORES DA PAIXÃO..89

A FÉ NÃO COSTUMA FAIÁ (GIL)...93

AMORES QUE CHEGAM, AMORES QUE PARTEM...........................100

DE NOVO O AMOR...104

O EXERCÍCIO DO DIREITO...109

NO PRIMEIRO TRIBUNAL DO JÚRI DE SÃO PAULO........................116

CARANDIRU..119

O PERIGO MORA AO LADO..120

A VIDA CONTINUA...127

TEMPOS FELIZES 131

REALIZANDO MAIS UM SONHO 135

PARADOXOS DA VIDA 137

CUIDADO COM A VOLTA ÀS ORIGENS 140

DIANTE DAS AUTORIDADES LOCAIS 143

AINDA O SOM ESTRIDENTE 145

REPROVAÇÃO E RESSURREIÇÃO 147

EPÍLOGO 149

Eu era feliz e não sabia

A fotografia em preto e branco, ainda bem conservada, data de 1942. Revela um menino com oito meses de idade, ares angelicais e olhos perscrutadores. Sentado sobre uma mesa tosca, costinhas apoiadas na parede da casa de tábuas, olhava fixamente para algo. Parece que queria entender o que estava acontecendo. Por que as pessoas que estavam próximas comportavam-se de maneira divertida? Muito tempo depois, compreendeu o motivo. É que ele começava a articular as primeiras palavras e dizia com insistência a frase *caido maduio*. Mamãe, papai e quem mais estivesse por perto divertiam-se muito porque se tratava, simplesmente, de caldo de feijão. Para ele era caldo maduro, com o qual se refestelava.

Era uma criança muito feliz, no abrigo das asas do papai, da mamãe e dos familiares que visitavam aquele lar, na cidade de Marília, interior do estado de São Paulo. Naquela época era apenas uma vila, com poucas casas de madeira, áreas extensas de capinzal e algumas árvores. Naquele local a família de imigrantes espanhóis, vindos da região de Granada em 1926, resolvera fixar residência. Deixaram a terra natal, temerosos de que a Segunda Guerra fosse deflagrada na Europa, como efetivamente o foi em 1939. Tinham filhos jovens, que poderiam ser convocados para os campos de batalha. Optaram pelo Brasil, que abrira a imigração para reposição de mão de obra nos cafezais, desfalcada com a abolição da escravatura. A condição imposta pelo governo brasileiro era a de que os imigrantes fixassem residência no interior.

A segunda cena que ficaria gravada na memória daquele pequeninho aconteceu quando ele beirava os três anos de idade. A casa em que moravam situava-se, então, num lugar ermo, era iluminada por luzes muito fracas. Do portal dessa moradia muito pobre saíam para o quintal dois senhores, que falavam em língua espanhola, em tom algo grave. A figura deles interrompia o débil facho de luz que escapava pela porta, e suas sombras projetavam-se agigantadas. O menino acompanhava os dois, de longe, tentando entender o motivo das primeiras visitas daquelas figuras desconhecidas. Deduziu, anos depois, que se tratava de seus avós materno e paterno, Herrera e Plácido, que visitavam mamãe, que se encontrava muito doente.

As luzes do adeus

Aos três anos de idade, o pequeno participou de outra cena que o impressionou a ponto de ser retida para sempre na consciência. Muitas pessoas permaneciam de pé, num lugar também iluminado por luzes tênues. O menininho circulava por ali, mas sua altura sequer alcançava a cintura das pessoas. Ele esperava, como de costume, o Guaraná Champagne, pois estava certo de que se tratava de uma festa de aniversário. Entretanto olhou longamente para algo de cor roxa que estava entre as pessoas, no centro da sala. Esse matiz passou a impressioná-lo para sempre. Durante muito tempo, não soube o motivo daquela forte impressão que retinha na consciência. Depois de trinta anos, ficou sabendo, por meio de uma senhora que estava presente naquele local, na ocasião, que as luzes circundavam um caixão fúnebre.

O esquife da época era revestido de pano roxo. Nele jazia o corpo de sua mãe, Júlia. Certamente essa visão, de tão dolorida, não foi registrada pela criança que agora era chamada de Nené. Ele viria a saber, muito tempo depois, que o roxo e suas cores derivadas, como o lilás, são considerados matizes de energia máxima, haja vista que o Manto Sagrado que envolveu Jesus era carmesim. Na outra cena da qual o Pequeno lembra-se bem, ele estava deitado numa cama, com várias pessoas sentadas à sua volta. Ficou gravada em sua memória porque um dos presentes, que depois soube tratar-se de tio Gimenes, sacou um revólver da cintura, mostrou para a criança e perguntou:

— Seu pai te aplicou injeção?

Nené olhou curioso e nem soube responder, talvez porque estivesse muito doente. Tinha três anos e alguns meses de idade naquela época. Soube mais tarde que seus pequenos pulmões haviam sido acometidos de pneumonia e que ele estava à beira da morte. Naquele tempo dificilmente uma criança pobre como ele sobreviveria a mal tão grave. Familiares que residiam em Marília, a sessenta quilômetros de distância, haviam-se deslocado para a Santa Casa de Tupã, pela primeira vez, certamente para dar adeus ao pequeno. Mas ele sobreviveu. Acompanhei tanto quanto possível a trajetória de tio Gimenes, que era dono de frota de táxis e, mais tarde, de caminhões que transportavam gasolina.

Ele nunca fumou nem bebeu. Quando estava em idade avançada, não acertava nos negócios. Era muito arrojado. Em dificuldades financeiras, contraía com os conhecidos pequenos empréstimos, que os filhos tinham de pagar. Faleceu aos noventa e dois anos de idade e não pude ir ao sepultamento. Mas algum tempo depois fui ao cemitério visitar seu túmulo. A secretaria estava fechada. Então vi um senhor que perambulava por ali. Perguntei se sabia onde estava sepultado tio Gimenes. Levou-me até o local e, antes de se despedir, perguntou se Gimenes era meu parente. Quando respondi que sim, ele disse:

— Ele era um tratante!

Com o respeito que o local exigia, perguntei calmamente por quê. Respondeu que o falecido tinha encomendado um serviço de pedreiro para ele: consertar o piso lateral do jazigo. E não havia pagado. Um pouco emocionado, perguntei qual era o montante da dívida. Respondeu que somava setenta e cinco reais. Num impulso de compaixão, tirei da carteira esse valor e lhe entreguei. Dramático e até engraçado esse acontecimento! Vá lá... Temos de honrar a memória dos que se foram.

A grande engrenagem da vida não para de girar

Com a morte da mãe, fato do qual ele ainda não tinha consciência, pois ninguém lhe explicara o desaparecimento dela, o menino e seus dois irmãos pequenos, o mais velho com seis anos e o menor, recém-nascido, haviam sido entregues aos cuidados das avós, o primeiro à materna e, mais tarde, à paterna. Esse irmão, bebezinho, também viria a contrair doença muito grave, raquitismo, que quase o levou para o outro mundo. O pai, pouco depois da viuvez, mudou-se para a Chácara Espanha, nos arredores de Tupã-SP, pois vovô Plácido havia falecido, e sua esposa, vovó Carmen, ficara sozinha na pequena propriedade rural.

Vovô fora vítima de trágico acidente. Além de cuidar da lavoura de café, reforçava o ganho da família abrindo cisternas, com pá e picareta. Certa feita, quando o poço já estava com uns vinte metros de profundidade, ele no fundo, escavou, colocou a lama num balde, o qual solicitou ao ajudante que elevasse até a borda para descarregar. O colega o atendeu, mas o balde havia sido engatado incorretamente no gancho e não se encaixara. Desprendeu-se e o atingiu vovô em cheio, nas costas, pois ele já havia retornado ao trabalho de escavação. Assim meu avô paterno também viria a deixar este mundo. Observo que mais de sessenta anos depois dessa fatalidade estive naquele local.

Os moradores que lá estavam informaram-me que a antiga cisterna havia sido soterrada, pois nela morrera uma pessoa. E abriram outra a uns vinte metros daquele local. Não foi o que aconteceu.

Quando ocorreu o acidente, vovô estava trabalhado na cidade, distante uns três quilômetros dali. Lembrei-me então do curso de relações humanas, em que se realizava o exercício do "telefone sem fio". Friso esse fato por constatar que tal equívoco não mudou. Pessoas espalham boatos, muitas vezes maldosos, que são retransmitidos boca a boca.

Frequentemente são ampliados ou distorcidos. A vítima não é ouvida e resulta condenada sem que se lhe faculte defesa, o chamado contraditório, um dos corolários do Direito. São milhões de condenações sem defesa, a todo instante, no mundo todo. Urge dedicarmos muito cuidado para não participar dessa injustiça.

Na Chácara Espanha

Durante cerca de seis anos, vivi minha infância naquela chácara, distante quase seiscentos quilômetros da capital paulista. Meu pai se casara de novo após um ano de viuvez. Durante a maior parte desse período, sofri dolorida carência afetiva e, muitas vezes, triste sensação de abandono. Talvez por isso mesmo, a Natureza, exuberante e intensa naquela época — especialmente aos olhos de uma criança —, era meu grande refúgio.

Nela encontrava paz e encantamento. Eu observava solitário, mas repleto de ternura, a beleza das plantas, dos animais, do céu azul e do sol ameno e cálido — sob o qual me aquecia, sem qualquer pressa, nas coloridas manhãs de qualquer dia. Isso amenizava a dor e a tristeza do abandono. Meu pai, que sempre foi muito trabalhador, cuidava da lavoura de café, de onde provinha o principal sustento da família. Cultivava também um pomar com mangueiras, tangerineiras, cajueiros, bananeiras e outras frutas, que ajudavam no sustento da casa. Eu contemplava, por longo tempo e em estado de profunda calma, admiração e paz, as árvores frutíferas.

Observava a branca e perfumada flor de laranjeira, que contrastava com o verde-escuro das folhas, até a colheita final do fruto dourado e saboroso. Das mangueiras altas que produziam sombra amiga e acolhedora, a *Bourbon* era minha preferida, pois seu fruto era macio, amanteigado, doce, saboroso. Quando a fruta ainda estava com a casca verde-escura, mas apresentava algumas manchas negras, era hora de colher. A manga "rosinha", então, era bonita de se ver! Sustentada por longos pendões, bem colorida, amarela avermelhada e cheirosa quando madura, não tinha, porém, o mesmo sabor delicado da *Bourbon*. Mas a superava de longe em beleza.

Encanto especial e misterioso era proporcionado pelas flores de maracujá. Eu ficava calmamente embaixo do caramanchão, admirando os contornos das pétalas, as matizes de cores que variavam do branco ao carmesim, passando pelos amenos e delicados lilases. Os bebês animais representavam outra fonte de alegria e ternura. Eram, igualmente, seres encantados que povoavam o enorme quintal da casa. Os porquinhos gulosos, amontoados na ânsia de sugar o leite das enormes tetas da mamãe. Ela, recostada para facilitar a tarefa, parecia deleitar-se cumprindo o sagrado dever de promover a vida dos seus pequenos.

Os pintinhos, desde que começavam a caminhar, titubeantes e sempre por perto das mamães, também acalentavam minha alegria inocente. Era lindo observar aquele bando de pequenas aves perseguindo o caminhar das ocupadas mamães, que recolhiam alimentos para os filhotes e os ensinavam a firmar os passos incertos rumo à independência, que logo conseguiriam. E que abrigavam sob as asas suas proles toda vez que pressentiam algum perigo. Especialmente quando as chuvas torrenciais, dádiva dos céus, caíam copiosamente sobre a terra, fertilizando-a, como viria a poetizar Milton Nascimento, tanto tempo depois, em sua inspirada e imortal "Cio da terra".

Havia também um cavalo, chamado Palanque, que, talvez, por ser o único exemplar da espécie por ali, era igualmente muito admirado. Eu o levava para pastar e, enquanto ele comia com gosto o capim verdinho, eu me encantava vendo as hastes daquelas plantas profusamente verdes, que ondulavam ao embalo da brisa morna e suave. Em algumas ocasiões, meu pai me recomendava que cortasse pequenas touceiras daquela planta nativa da região e as levasse para Palanque comer enquanto ficava preso no cercado.

Certo dia, papai determinou que eu levasse Palanque para pastar e que só voltasse para casa no final da tarde. Estranhei a ordem inusitada, mas longe de mim contestá-la! Fiquei por lá até que o sol caísse. Entretanto, quando retornava, ao me aproximar da casa ouvi um choro muito estranho e persistente. Era minha irmã Sara, uma bela menina, que chegava ao mundo. Quando o irmão mais velho, Lucas, atingiu cerca de oito anos de idade, foi acometido de sangramento nasal. Por isso, levaram-no para tratamento na cidade de Marília.

Nessa localidade, que contava com os melhores médicos da região naqueles longínquos anos da década de quarenta — como acontece até hoje, — residiam quase todos nossos parentes. Meu irmão nunca voltou para casa. De Marília, algum tempo depois se iniciou no trabalho e nos estudos, que terminariam por conduzi-lo à capital do estado. Em Marília também residia meu outro irmão, Arnaldo, igualmente filho do primeiro casamento. Ele morava desde bebezinho com nossa avó materna.

Medo usado para dominar

Com o afastamento de Lucas, minha solidão aumentou e, com ela, a carência afetiva e a consequente integração ainda maior com a Natureza. Forma instintiva que a criança encontrara para amenizar a solidão, o sofrimento, o sentimento de abandono e de rejeição que sentia. Foi por essa época que uma de minhas tias, ainda jovenzinha, para se divertir, falou-me de certa mula sem cabeça. Fiquei muito amedrontado, pois já ouvira falar do tenebroso "bicho-papão", que, segundo os adultos ignorantes ou mal-intencionados da época, era implacável na perseguição às crianças.

Argumentei, infantilmente, que a casa tinha paredes, ainda que de madeira, como era comum naquela época. Mas ela retrucou que o monstro desconhecia paredes, ultrapassava-as e pegava as crianças. O medo que passei foi grande. Antigamente pessoas se utilizavam dessas táticas. Faziam-no ou inocentemente para se divertirem, ou intencionalmente para amedrontar e paralisar as crianças. Ainda bem que na atualidade essas práticas nefastas vão sendo abolidas. Nem bicho-papão; nem Saci-Pererê; nem mula sem cabeça; nem lobisomem; nem "atirei o pau no gato" ou assemelhados. Insensatez que a evolução da cultura vai gradativamente eliminando. Mas que, sob outra roupagem, ainda é utilizada por certos "religiosos" de má-fé, os quais, por meio da intimidação, visam principalmente alcançar o bolso de seus adeptos crédulos, mergulhados nos problemas inerentes à vida.

Tempos depois, apareceu por lá o namorado de uma das minhas tias. Ele também, possivelmente para se divertir com minha reação de medo, ou talvez para se mostrar inteligente e criativo perante a garota, ameaçava-me dizendo que a polícia viria me pegar.

Fiquei quase em pânico, não sabia o que era polícia. Imaginei um mostro em forma de enorme máquina de cortar cabelos, que andava dentro de uma espécie de trincheira. Mais um terror irresponsavelmente instilado numa criança inocente e desprotegida. Especialmente nesses momentos de medo, eu me lembrava de relatos não menos misteriosos e amedrontadores, da época em que meu pai viajava para a cidade de Penápolis, onde havia entabulado namoro com tia Amélia, que viria a ser minha madrasta. Numa manhã ensolarada, eu me encontrava próximo a um pé de manga "rosa", admirando seus frutos belos e avermelhados. Essa árvore, diferentemente das outras, não se localizava no pomar, mas sim em meio ao cafezal, talvez a uns cem metros da casa.

Enquanto observava serenamente as frutas, pensava na informação que corria na região, chamando a atenção para o perigo de ingerir manga com leite, que, segundo o povo, poderia acabar com a vida da pessoa. Foi nesse momento que ouvi alguém gritando em tom de urgência, ordenando que eu voltasse para casa.

— Néné! Néné! Venha logo!

Quando cheguei, contaram-me o motivo. Na madrugada da noite anterior, quando meu pai voltava de uma de suas viagens de namoro, encontrando-se sozinho na estrada erma e escura, vira o vulto de um animal deitado no leito carroçável.

Papai foi se aproximando e o vulto não se movia; ao contrário, parecia aumentar de tamanho. Agora já estava próximo do animal feroz. E não havia como voltar sem possivelmente ser perseguido e devorado pela fera. Pensou em fugir para um dos lados da estrada, para dentro dos cafezais, mas os barrancos eram altos de ambos os lados. Resolvera prosseguir, com muita calma e muito medo também, pela borda da estrada, decidido a continuar caminhando. Pedindo ao Criador que o protegesse. Ao chegar mais perto do vulto, reconheceu uma enorme onça-pintada.

Mais parecia um tigre, de tão grande. À medida que se aproximava da fera, percebeu com mais clareza a enormidade do animal e observou que estava com os olhos fixos nele. Pareceu-lhe que o bicho aumentava de tamanho, preparando-se para o ataque fatal. Porém a onça misteriosa não atacou. Ele passou cuidadosamente e conseguiu chegar a casa, felizmente ileso. Por isso me chamavam com urgência. Imaginavam que a tal onça poderia estar rondando a região e aduziam muito impressionados:

— É estranho esse bicho ter aparecido. Faz muito tempo que as onças foram embora desta região, que já está bastante povoada.

Era estranho mesmo, porque, com as lavouras, as moradias e os animais domésticos que cada sitiante possuía, dificilmente haveria espaço para animais selvagens por ali, muito menos para uma onça-pintada daquele porte. O fato é que o monstro felizmente nunca mais foi visto por quem quer que seja naquela redondeza. Por essa época, eu desconhecia o significado da palavra "mentir", pois nunca tinha ouvido meu pai ou qualquer outra pessoa proferir uma inverdade. Por isso mesmo aquele relato me causara fortíssima impressão. Perigo envolto em mistério que não se desfez nas brumas do tempo.

Algum tempo depois, aconteceu outro fato bastante estranho e não menos misterioso. Foi quando meu pai retornava de mais uma de suas viagens de namoro. Igualmente tarde da noite, ao passar pela mesma estrada, que era toda circundada por intensa lavoura de café, viu uma dessas árvores em chamas, que a consumiam totalmente.

"Que pena", pensou. Como é que alguém pode fazer uma maldade dessas com uma árvore tão útil e vistosa? Mas no outro dia, retornando ao local, constatou que aquele mesmo cafeeiro estava intacto, verde, cheio de vida. Mais um mistério que ficou registrado para sempre em minha memória, marcando aquela época de luzes e sombras.

A madrasta

Depois desses acontecimentos, meu pai se casou e trouxe a nova esposa para casa. Lembro-me perfeitamente da chegada dela, num vestido dourado e cor de mel. Apareceu pelo caminho de atalho que cruzava o pomar. Eu nem sabia bem quem era ela, nem como deveria chamá-la. Perguntei para minhas tias mocinhas. Sugeriam que a chamasse de *tia*. E assim foi para sempre. Uma nova e importante etapa da vida começava. Eu dormia em um colchão preenchido com palha de milho. Rangia. Mas dormia em paz profunda e acordava olhando diretamente para as telhas "pederneiras", percebendo o clarão do sol nascente que vinha me saudar através do telhado sem forro.

Certa vez essa paz foi quebrada. Quando já estava deitado, ouvi tia Amélia desembalando balinhas doces para dar às suas filhas. Pareceu-me que esperou que eu me deitasse para servir a guloseima às meninas. Doeu muito, mas tive coragem de falar no outro dia com ela e meu pai. Foi uma das raras vezes que reclamei de algo. Não tinha direito de fazer isso. Aliás, não me sentia com direito a nada. Ressalto que, provavelmente, eu era uma criança difícil, traumatizada com o desaparecimento inexplicado da mãe, o que o pequenino julgava tratar-se de abandono.

Algum tempo depois, meu pai trouxe para o sítio um vira-lata branco, com algumas manchas marrons, para ajudar a defender a casa. O cachorro era chamado carinhosamente de Kiki, talvez uma corruptela das palavras *aqui, aqui*. Era um cão esperto e brincalhão que, às vezes, se divertia correndo atrás dos franguinhos, ou brincando com os bebês porquinhos, ou até mesmo atazanando a vida de Palanque. O cavalo desferia coices para se defender, os quais, por sorte, jamais o atingiram.

Alegria e adeus

A família se afeiçoara muito a Kiki, até porque ele era visto como protetor da casa, a qual se localizava a menos de cem metros da estrada de terra que liga os municípios de Tupã e Vila Parnaso. Papai afirmava que aquela estrada poderia trazer muitos perigos. E não sem motivos. Certo dia, enquanto ele estava trabalhando na roça, apareceu por lá um andarilho. Tia Amélia o atendeu à porta, como de costume. Porém ele, quase à força, entrou na sala. Dizendo-se Lampião, atirava um punhal na mesa de madeira. Retirava-o, deixando a marca, e voltava a arremessar a arma, acertando sempre o alvo. Ela, amedrontada, mandou que eu chamasse meu pai lá no cafezal.

Porém, bem pequeno ainda e sem maldade, permaneci por um bom tempo admirando os malabarismos do bandido e sua arte ameaçadora de atirar punhais. Finalmente fui chamar papai. Quando ele chegou, o delinquente já havia caminhado até o sítio vizinho, onde foi alcançado. Então, quase aconteceu uma tragédia, pois papai, apontando para ele uma espingarda, por pouco não o matou. Não o fez primeiro, certamente, pela proteção de Deus e, segundo, pela intervenção de dona Lúcia, uma mulher que mais parecia uma santa.

Ela morava com o esposo e filhos naquela propriedade rural. Qual anjo da guarda, implorara, em tom dramático e urgente, a meu pai:

— Seu Martins, não faça isso, pelo amor de Deus!

Sorte do bandido e de meu pai, que não o fulminou ali mesmo. Pois foi essa mesma arma que abateu o querido Kiki. Aconteceu numa tarde de domingo. Quando estávamos no quintal da frente da casa, meu pai avisou sucintamente e em tom urgente:

— Não se assustem. Vou ter de matar o Kiki. Ele está louco. — Instantes depois ouvimos, chocados, o aterrorizante barulho do tiro.

O estampido foi muito alto e Kiki deve ter sentido intensa dor antes de morrer, mas sua agonia durou tão somente poucos minutos ou segundos. A dor de vê-lo desaparecer de maneira tão inesperada e trágica, entretanto, acompanha-me até hoje quando me lembro do triste acontecimento.

Certa vez meu pai sugeriu que eu (quer dizer, ele) escrevesse para minha avó materna, Helena, que residia em Marília. Sugeria que pedisse a ela que me mandasse dinheiro, pois não tinha um par de sapatos. Assim foi feito. Fiquei felicíssimo com a resposta. Chegou num envelope contendo uma nota de 50 cruzeiros (dinheiro da época). Meu pai entregou-me o envelope. Abri com muito amor e percebi que a nota estava levemente colada no invólucro. Papai me levou à cidade e comprou o calçado. A felicidade foi dobrada: ganhei o par de sapatos e a certeza de que alguém se importava comigo. Guardei o envelope e a nota de cinquenta, relíquias para mim, com enorme carinho. Mas a alegria não durou muito, porque logo meu pai disse que eu deveria repassar a ele aquele dinheiro, pois se destinava ao calçado que ele tinha comprado.

Papai era pessoa de alma muito boa, bons princípios, extremante trabalhador. Talvez por isso não tenha tomado conhecimento dos maus-tratos emocionais que me eram infligidos. Ela, madrasta, dizia que não podia bater no enteado. De resto, quase tudo podia, e criara seu império implacável, causando sofrimento para mim.

Aos seis anos, fui matriculado no grupo escolar. Com grande alegria, aprendi as primeiras letras, e as escrevia no caderno, com enorme dedicação. Mas na hora do lanche não tinha o que comer.

A fome apertava e foi então que me lembrei de que meu pai tinha "caderneta" no armazém do japonês, que ficava do outro lado da estrada, próximo à escola. Resolvi comprar um sanduíche de mortadela. Estava uma delícia... Com a fome que sentia!... Dizem que a fome é o melhor tempero. Mas logo me conscientizei de que poderia sofrer forte reprimenda. Entretanto, para minha surpresa, dias depois, ele apenas observou que percebeu o registro da compra, e que eu poderia continuar adquirindo aquele lanche. Senti forte sensação de carinho, além de ter a fome saciada.

Esse armazém lembra também outro acontecimento atemorizante. Em mil novecentos e trinta e nove, havia sido deflagrada na Europa a Segunda Guerra Mundial. Alimentos eram racionados, pois prioritariamente deveriam ser enviados ao front no velho continente. Sal era difícil de encontrar. Meu pai tinha olhos pequenos, como eu também tenho. Japoneses eram procurados na cidade de Tupã.

Nessa busca aos japoneses ou nisseis, e na escuridão da estrada, prenderam meu pai, suspeitando que se tratasse de nipônico. Levaram-no para dentro do tal armazém, iluminaram seu rosto com um lampião e, constatando que era brasileiro, liberaram-no. Soube há pouco tempo que em Tupã tinha havido um campo de concentração para prisão de japoneses. E que, terminada a guerra, surgiu na região a temida Shimdo Remei, grupo de fanáticos que não aceitava o fato de o Japão ter perdido a guerra. Eliminavam aqueles que assim não pensavam. Essa história é relatada no livro *Corações Sujos*, de Fernando Moraes.

O autor explica que os termos da rendição do Japão foram propositadamente dúbios, para não humilhar o imperador. Malandros estelionatários se valeram dessa dúvida e espalharam a farsa de que o Japão não se havia rendido. Na verdade, eles queriam, com esse ardil, ganhar glebas de terra no Pacífico Sul. Porém os japoneses residentes no Brasil acreditaram na farsa e espalhavam o terror, caçando como feras os nipônicos que acreditavam na realidade do fim da guerra, para matá-los. O livro deu origem ao filme do mesmo nome.

O tempo passava, eu vivia solitário. Já agora, com cerca de oito anos de idade, papai levava-me para ajudá-lo na colheita de café. Pequeno e magro, eu conseguia entrar embaixo da ramagem, alcançando os frutos vermelhos que caíam ali, não acessíveis aos adultos. Mas o sol era inclemente, e nenhuma proteção para a cabeça me era dada. Sentia a forte agressão do astro-rei, mas sofria em silêncio. Na generosidade que caracteriza as crianças, cultivava na cabecinha o desejo de, algum dia, providenciar um chapéu de abas muito largas, para proteger quem trabalhasse sob o sol. Evidentemente, não sabia que no México já existia o "sombrero", esse mesmo tipo de proteção sonhada por mim.

Nessa época, segundo fiquei sabendo muito mais tarde, havia críticas de alguns parentes ao meu pai, pois diziam que o sítio pertencia a todos e somente ele o estava explorando. Foi então que resolveram vendê-lo. Com sua parte, ele adquiriu um lote de cinco alqueires de terras no noroeste do Paraná, próximo a Porto São José, fronteira com S. Paulo e também com Mato Grosso do Sul. Esse local se situa às margens do caudaloso Rio Paraná. Ainda da Chácara Espanha, outro acontecimento ficou gravado na memória. Certo dia papai chegou da cidade dizendo que tinha ido ao enterro da esposa do Sr. Izidoro, vizinho, morador de um sítio próximo. No dia seguinte, anunciou que o marido da falecida havia ido à cidade, de madrugada, e, junto ao muro do cemitério, ingerira veneno. Meu pai teria de ir ao outro enterro.

Numa outra ocasião, ele tinha matado um porco, como fazia de tempos em tempos. Eu ficava impressionado e triste ouvindo os gritos do animal, que era atingido no coração por uma faca afiada. Depois era colocado sobre a mesa de madeira e papai ia destacando as partes. Enquanto desempenhava essa tarefa, certa vez, estando com as vestes ensanguentadas, já escurecia quando chegou da cidade um senhor que falava, em caráter de urgência, para que papai fosse à cidade, pois meu irmãozinho Arnaldo estava entre a vida e a morte. Fora vitimado por apendicite estuporada e talvez não sobrevivesse. Ele deixou tudo, trocou de roupa às pressas e já havia saído quando ouvi tia Amélia dizer:

— Eles só atrapalham!

Fiquei muito preocupado com o estado do irmãozinho e muito, muito sentido com a indiferença que ela demonstrara.

Na cidade das peras: Penápolis

Nessa cidade do noroeste paulista, residiam os genitores de tia Amélia. Numa casa simples, de alvenaria, a mãe dela, Soledad, e o pai, Deusdedit, viviam em idade já avançada. O casal tinha com eles um filho, Teófilo. Outro filho, Francisco, com esposa e filhos, residia na rua de cima, paralela. Foi para a casa dos sogros que meu pai levou a família: tia Amélia, as duas filhas, e eu. E, sem demora, ele viajou para desmatar o sítio que adquirira no Paraná, o qual se destinava à plantação de café. Por lá, região de terra roxa, os pés de café eram muito altos e vistosos.

A riqueza florescia naquele estado. Tempos depois, as geadas que caíam, inclementes, fizeram com que essa lavoura cafeeira se deslocasse para outros estados, principalmente Minas Gerais. Tudo era novidade na nova casa. Desde a lâmpada elétrica, dependurada em longo fio preto, até o vaso sanitário, que eu nunca tinha visto igual. Alguns dias depois de ali chegarmos, fiquei doente por falta de cítricos. Quando morava na Chácara Espanha, eu me alimentava muito de frutas, especialmente laranjas e mexericas. Ali na casa para onde mudáramos, não existiam frutas.

Eu tinha pesadelos à noite, sonhava com laranja, mas ainda não me sentia com direito a expressar aquela carência doentia que me tornava enfermo. Alguém deve ter-me ouvido manifestar essa necessidade durante o pesadelo. Provavelmente vovô Deusdedit, um homem bom. Levou-me, pois, à chácara de um parente que cultivava um pomar. Fui repleto de esperanças, mas chegando lá vi as árvores frutíferas secas, sem folhas nem frutos. Nem uma laranja ou mexerica sequer. Frustração enorme. Porém sobreveio a cura da doença simplesmente pela consideração que me havia sido dispensada, por primeira vez, naquele local.

Dona Soledad maltratava-me tanto quanto sua filha o fazia. Eu sentia mais ainda o abandono. Continuei no grupo escolar, agora terceiro ano do primário. A madrasta dirigia-se de manhã para a colheita de algodão e recebia por peso. Eu estudava até o meio-dia, almoçava e tinha de ir, sozinho, até aquele lugar distante. Devia ter na época uns nove anos de idade. Ouvia-os dizer que num pasto, que tinha de ser cruzado para se chegar até a plantação, havia um cavalo bravo. Eu tinha muito medo de atravessá-lo, mas não podia sequer alegar isso.

Continuava sem voz e sem vez. Do dinheiro resultante do trabalho, eu não via nem a cor, evidentemente. Minhas mãozinhas frequentemente sangravam devido aos carrapichos que permeavam as esponjas de algodão. Depois de algum tempo, chegamos às festas juninas. Vendo meus amigos de escola e também os vizinhos soltarem bombinhas e, especialmente, acender fósforos de cor, fiquei com muita vontade de aderir a essa prática. Inocentemente, num domingo, dia em que não trabalhávamos, fui sozinho à fazenda do japonês e pedi um adiantamento. Cinco cruzeiros.

O nipônico consultou seu livro de anotações, constatou que tínhamos verba a receber e foi pegar o dinheiro. Mas tinha somente quatro cruzeiros disponíveis, que me entregou. Disse que o restante ele entregaria depois para tia Amélia. Na segunda, voltamos à rotina. Grupo escolar, depois colher algodão. Terminada a faina diária, dirigimo-nos para casa, como de costume.

Injustiça que dói

Acomodamo-nos e, de repente, veio o pai dela, vovô Deusdedit, com o cinto ameaçador, chamando-me, aos gritos, de ladrão. Furioso, iniciou a surra. Desferia cintadas com o lado da fivela. Bateu muito, muito. Doía imensamente, mas a dor da injustiça machucava mais ainda, pois estava sendo acusado de roubar aquilo que, por justiça, já era meu. Sem compreender bem o que se passava, com muita dor, deitei de bruços na cama, totalmente envergonhado. E assim devo ter passado uns três dias. Sem fome nem nada. Mas aos poucos fui compreendendo qual o motivo. Desprezo e aversão ao menino que lembra a primitiva mulher de meu pai.

O pior viria a seguir. A dor moral. Quando fui a um armazém comprar certo produto, por ordem delas. Eu, na época, era tão pequeno que meus olhos não alcançavam a altura do balcão. Vi então uma senhora gorda que estava à direita olhar-me fixamente e dizer com desdém e para que todos ouvissem:

— Você ainda rouba?

Aquilo doeu muito, reabrindo a ferida da injustiça e vergonha que me fora infligida. Eu não tinha nada em meu poder. Sequer um centavo para adquirir uma balinha doce, tão almejada. Mas, por essa altura, o irmão da madrasta, meu amigo, contraíra grave doença pulmonar, que o imobilizou em casa, muito pálido, sempre sentado ou deitado. Ele mandava-me comprar figurinhas para o álbum que preenchia, e estas vinham embrulhando uma bala doce, que ele me entregava, para grande regalo meu.

Esse moço veio a falecer. Depois de vinte e um anos de seu falecimento, quando escavaram a sepultura para enterrar minha madrasta no mesmo túmulo, disseram que uma rosa, perfeitamente conservada e bela, se encontrava entre seus ossos. Nunca entendi esse fenômeno, nem perguntei para técnicos se a conservação seria natural por tanto tempo. De qualquer forma, atribuo a um milagre, porque ele era muito bom e puro.

A madrasta e sua mãe continuavam a me acusar do "roubo". Dessa conduta delas resultou em mim um dos sofrimentos mais lancinantes que o destino me reservara. Diziam, a esse tempo, com insistência, que me mandariam para o meio da selva onde meu pai se encontrava, quando ele viesse, porque lá havia animais selvagens, especialmente onças, que, com certeza, me devorariam.

E também comentavam que muitos madeireiros daquela região paranaense morriam esmagados por árvores que caíam sobre eles. Fiquei quase apavorado. E talvez pelo instinto de preservação, sobreveio um pensamento que me estremeceu de tanta dor moral. Se meu pai morresse por lá, eu não seria levado para a morte certa. Pensamento fugaz e intuitivo, sem maldade, oriundo do instinto primitivo, natural e inato, de preservação da vida. O sofrimento decorrente dessa ideia foi atroz e acompanhou-me por muitos anos, até que compreendesse que não havia culpa de minha parte.

Outra situação marcante e dolorida aconteceu quando, durante a doença de Teófilo, ordenaram que eu fosse buscar um remédio para o enfermo. Tratava-se de medicamento manipulado. O local situava-se perto da estação da estrada de ferro. O remédio não estava pronto e fiquei sentadinho esperando, talvez por horas. Quando voltei, tia Amélia disse que estava preocupada, pois pensou que algum carro me tivesse atropelado e matado. Então a mãe dela proferiu uma frase quase tão dolorida como se tivesse havido o atropelamento. Falou em espanhol, língua que nunca deixou de usar no Brasil:

— Quisiera te huviera muerto. — Essa afirmativa atingiu meu cérebro e meu coração como um raio fulminante. Como era possível? Fui buscar remédio para o filho dela, moribundo. E ela querendo que eu morresse!

Também desse período vem outra lembrança marcante. Quando acabou a colheita do algodão, providenciaram uma pequena caixa de engraxate e me puseram a trabalhar. Meu ponto era em frente ao bar Tabu, o mais antigo da cidade. Eu trabalhava com amor, já sentindo satisfação naquilo que fazia. Lustrava muito bem os calçados, fazendo até "samba" com o a flanela. O momento festivo era quando eu comprava um sanduíche de pernil (hoje sou semivegetariano) e me deliciava com a iguaria acompanhada de *Crush*. Que cor bonita! Cor de laranja.

Mas também essa situação reservava-me sofrimento. Aconteceu quando vi amigos alugarem bicicleta. Aluguei também uma, de cor verde, por meia hora, e aprendi a pedalar. Festa total, que não durou muito. Quando meu pai chegou do Paraná, certo dia levantou da cama, retirou o cinto e bateu muito, certamente instigado pela madrasta. Tudo porque eu tinha gastado um pouco do dinheiro que ganhara engraxando sapatos! Tinha de entregar tudo em casa. Novamente acusado de roubar o que era meu.

À mestra com carinho

A vida, porém, é feita de luzes e sombras. Como disse antes, eu estava então na escola, agora no quarto ano. Minha professora, D. Terezinha, morava no mesmo quarteirão do Bar Tabu. Eu, com minha caixinha de engraxar, em certo momento percebi que ela vinha pela calçada, em minha direção. Fiquei muito envergonhado, pelo tipo de atividade. Escondi-me atrás do poste, com meus pertences. Ela passou. No outro dia, antes de iniciar a aula, na frente da classe, fez um pequeno discurso, sem citar nomes.

Disse que todo trabalho honesto é digno, não havia por que se envergonhar dele. No mesmo dia, no final da aula, deu-me de presente um quebra-cabeça. Alegria suprema! O primeiro presente. Por sinal, ele viria a salvar minha vida muito tempo mais tarde, como veremos em outro capítulo. Depois de receber a compreensão e o carinho da professora Terezinha, Penápolis já deixava de ser para o menino "a cidade das penas", e surgia o entendimento de que se tratava, na verdade, da cidade de Afonso Pena.

Havia também momentos de intensa alegria. Por exemplo, quando eu avistava a paineira que existia depois da linha do trem. Belíssimas flores cor-de-rosa ornavam essa árvore magnífica e zelosa da própria beleza, pois era repleta de espinhos para afastar eventuais predadores. Embaixo dela eu sentava-me quase em êxtase diante da visão espetacular.

Naquele lugar eu sonhava com uma vida de paz e de amor profundo. Percebia que a bondade e a beleza também existem! Perto dali passava um córrego, caudaloso e até piscoso. Certa vez fui pescar nele com meu primo Anderson. Cheguei a pegar um peixe, que levei para casa com muito cuidado. De tão precioso que era o troféu, escondi em um armário.

Num certo domingo, exigiram que eu fosse ao culto na Igreja Batista. Recusei-me veementemente, pois sabia que meus parentes eram católicos. Porém a condição era ir ou ficar sem almoço. Preferi a segunda opção, escondendo-me atrás de um guarda-roupa. A fome apertou, mas foi aliviada pelo primo, que pegou um bife às escondidas, colocou no próprio bolso e o levou para mim.

Com esse primo e amigo também aprendi a navegar nas ondas de um rádio bem primitivo que havia na casa dele. Viajávamos, pelo dial, na imaginação. Londres, Paris, os recantos mais longínquos. Sons, sonhos e imagens mentais. Ressalto que esse primo, seu pai e sua mãe, assim como as duas filhas do casal, jamais me maltrataram ou hostilizaram. Depois soube que tio Francisco acompanhava de longe os sofrimentos que me eram infringidos. Esse tio havia puxado a seu pai, Deusdedit. Era uma pessoa boa e justa.

A carência a que era submetido quase me levou, realmente, a furtar. Mas nunca aconteceu, graças a Deus. Foi quando meu pai, estando na cidade por um tempo, começou a pintar paredes. Eu ia junto. Aconteceu num dia em que ele trabalhava numa igreja evangé-lica, que ainda hoje existe na rua principal. Vi afixada na parede uma caixa de coleta da contribuição dos fiéis. Estava tão cheia que uma nota de valor ínfimo, talvez um cruzeiro, mostrava-se acessível, com uma parte do lado de fora.

Fiquei tentado a pegá-la. Mas, não! Não era minha. Assim mesmo o remorso foi muito grande. Durante muito tempo, quando avistava aquele templo, vinha-me forte sentimento de culpa e de pecado. Traquinagens eu também fazia. Cheguei a pegar, junto dos amigos, *bitucas* de cigarros jogadas no lixo, para experimentar. Mas nunca em minha vida fumei de verdade. Abomino o cigarro e não compreendo por que é liberado. Naquela época colecionei cartelas de cigarro, que colhia na rua: Pal Mall; Fulgor; Continental...

Todos os invólucros eram, e ainda são, coloridos e chamativos. Chamam para quê? Hoje sabemos: convidavam para a morte. Acompanhei pelo rádio, há poucos dias, que agora existe um remédio para curar ou prevenir o tabagismo. Deus ajude. Espero que esse mal que avassala o mundo seja logo abolido. O país gasta com saúde, hospitais, aposentadorias e mortes dos fumantes dois terços a mais do que arrecada em tributos que incidem sobre esse veneno que conduz à morte.

Quando de sua chegada de volta a Penápolis, onde ficaria mais alguns dias antes de voltar para o sítio longínquo, parece que convenceram meu pai de que eu era ladrão. Ele deixou transparecer esse fato, com mais uma dor penetrante para meu coração. Já estava decidido que eu iria com ele. Entretanto a alegria de desfrutar de sua companhia, somada ao fato de ele ter mandado fazer duas calças curtas e duas camisas para mim, completaram meu contentamento. Até hoje me lembro da cor de uma das camisas. Branca com riscas vermelhas; ainda hoje admiro esse padrão, que uso bastante.

Iniciada a viagem, fomos de jardineira, precursora do ônibus. Fizemos escala na cidade de Tupã, onde morava minha avó paterna, seu filho Jaime e duas tias. Chegando lá, de repente, lá vem essa vovó com um cinto, aplicando-me outra surra. Fez pior: mandou que meu pai me levasse à casa de uma mulher que me daria conselhos. Tratava-se de ignorante metida a sabichona. Aterrorizou-me. Afirmou que ladrões vão para o inferno. Que medo! Mais uma vez, a dor física acompanhada de enorme dor moral. Mas o menininho a tudo suportava. Até porque agora estava em companhia do pai.

Seis meses no paraíso

Ainda estava escuro quando andamos até o caminhão *studbaker* que se encontrava estacionado não muito longe. A lotação de sacaria, contendo alimentos, ultrapassava em muito a altura da carroceria. Subimos ao alto da carga. O chão estava longe e meu pai ficou temeroso. Disse que melhor seria irmos de ônibus. Entretanto o veículo arrancou devagar e deu início à longa viagem. Porém mal saiu na estrada a carga amarrada por cordas se movimentou com os solavancos, alguns sacos caíram e quase fomos ao chão. Arrumaram melhor a sacaria e fomos em frente.

Paramos já ao anoitecer pela cidade de Rancharia, divisa dos estados de São Paulo e Paraná. Acomodados em uma pensão, dirigimo-nos ao salão de jantar e me indicaram que sentasse na cadeira, à mesa, entre os adultos. A luz era mortiça, mas eu me sentia felicíssimo por ser tratado com dignidade suficiente para ter assento ao lado de meu pai e daqueles que seguiam na viagem. No outro dia, bem cedo, retomamos a viagem. Estacionado à margem do Rio Paranapanema, que divide os dois estados, o veículo se movimentou para entrar numa balsa que fazia a travessia. Tudo era festa para mim.

Vi quando um dos ajudantes da embarcação armou um anzol, na proa. A linha começou a movimentar-se na água e ele puxou um peixe de bom tamanho. Acompanhei o ajudante até a cozinha, onde ele cravou uma faca no animal que ainda se debatia. Deu pena. A viagem continuou, e nós, naquela altura, tínhamos visão privilegiada.

Terra cultivada, pastos e coqueiros, mas já começava a aparecer mata fechada. E o ronco do moroso caminhão representava barulho monótono, o qual viria a permanecer em meus ouvidos por uns dois dias, mesmo após a viagem. O sol já descambava no poente, anunciando a chegada da noite escura, muito escura.

Nada se via além do débil facho de luz dos faróis. Horas depois, naquele negrume impressionante, o caminhão estacionou. No meio do nada. O motorista desceu e falou para meu pai:

— Seu Martins, é melhor vocês irem com a gente até o acampamento, pois esta floresta tem animais perigosos.

— Não, agradeço o convite, mas estamos perto do meu sítio — respondeu meu pai.

Olhei para os lados e para o alto e nada enxerguei. Depois percebi que a mata era tão fechada que o topo das árvores, com ramagem intensa, encobria a estrada. Só escuridão. O caminhão se foi com seu ronco monótono.

Silêncio profundo. Adentramos a mata. Papai imaginou que eu estivesse com medo. Eu não estava, sentia-me seguro na companhia dele. Ainda assim, com a mochila em uma das mãos, estendeu-me a outra para me apoiar. Era possível divisar árvores magníficas, troncos enormes, chão limpo, sem coivara, fato que permitiria até o trânsito de veículos. Floresta intocada. Observo que ainda hoje no centro da bela cidade de Londrina existe uma praça que ostenta espécies dessa vegetação nativa. Ali se pode aquilatar a grandiosidade da floresta original.

Continuamos andando e logo papai anunciou que estávamos entrando no sítio. Em seguida apareceu grande área desmatada, por onde caminhamos até chegar a uma choupana simplíssima, de um só cômodo, erigida com lascas de coqueiro. Ele apontou-me o colchão, no qual me deitei e percebi que estalava com o minguado peso do meu corpo. Ele explicou que o enchimento era palha seca de feijão. Olhei para a porta aberta e perguntei se ia fechá-la.

—Não, o barraco não tem porta ainda, porque nunca foi habitado — respondeu.

— Não vou conseguir dormir de tanto medo — respondi.

Porém mal acabei de pronunciar essa frase e não vi mais nada. Cai em sono profundo. Quando abri os olhos, dei-me conta da claridade intensa que inundava a choupana. Caminhei até a porta. Olhei longamente e exclamei, maravilhado com tanta beleza.

— Que lindo! — Meu pai caiu na risada.

—Você disse que não ia conseguir dormir?

Olhei ao longe. Um quadrilátero de uns quatro alqueires havia sido desmatado por ele. Além desses quadrantes, a floresta frondosa e encantada catalisava meu coração. A grande engrenagem da vida recomeçava seu giro sem fim, agora num paraíso.

Ele trouxe quatro telhas planas para o centro da choupana, abriu duas pequenas fendas em paralelo, fincou-as em pé e informou que esse seria nosso fogão. E investia-me no cargo de cozinheiro. Do lado de fora, vi grandes toras de madeira tombada, que se encontravam bem perto. Eram bem maiores do que a altura daquela criança encantada com tudo. A beleza do lugar, o respeito e atenção do pai somente para mim, tudo representava festa. Começou a rotina.

Ele plantava mudas de cafeeiros nas covas antes preparadas. Depois as cobria com lascas de madeira para protegê-las do sol. Eu fazia a comida e a levava alegremente para nosso almoço. Manjar dos deuses: arroz, feijão e alguma mistura simples. A água ele tinha de buscar no sitio vizinho, onde residia uma família de negros: seu Juvêncio, filho, nora e netos. Certa noite, depois da peleja diária, avisou-me que iria buscar água, mas não demoraria.

Fiquei no barraco, com o fogo aceso. Estava sentado, aquecendo-me, quando comecei a ouvir um assobio que, de início vinha de longe, mas depois foi se aproximando e aumentando. O medo chegou. Muito medo. Porta aberta, escuridão total lá fora. Dentro, somente a luz tênue do fogão improvisado.

O barulho aumentava, aumentava. E minha convicção de que se tratava de algum animal selvagem, que me devoraria, também aumentava. Comecei a chorar muito, baixinho a princípio, depois bem alto, chegando quase à convulsão. De repente despontou na porta a imagem que me salvaria daquela aflição: meu pai, carregando nas costas uma lata de água de vinte litros. Até riu um pouco, mas logo se deu conta do meu estado.

Explicou que se tratava tão somente de um pássaro, e que encompridara um pouco a conversa lá no vizinho, pois a nora dele estava adoentada. Eles atribuíam aquela alteração estranha da mulher a maus espíritos. Meu pai ria disso, dizendo que se tratava de crendice. Certo dia, enquanto ele cuidava da plantação ao longe, resolvi pegar o machado e cortar um tronco enorme que permanecia tombado próximo à porta e obstruía um pouco a visão. Algumas machadadas mais tarde, a ferramenta resvalou na madeira, atingindo direto meu dedão do pé. Sangue, muito sangue, e aflição por estar sozinho.

Depois de chorar alto, agoniado, chegou papai. Olhou e ficou profundamente preocupado. Não tinha curativos, remédios, nada para amenizar a dor e curar o ferimento. Raspou borra de seu chapéu de feltro e colocou sobre o enorme machucado. Hoje se sabe que essa prática não é, absolutamente, indicada. Mas ele nada mais podia fazer. Então pela primeira vez o ouvi dirigir-se a Deus, em palavras emocionadas, pedindo que eu não morresse. Pareceu-me que ele chorava também. Porém a pródiga Mãe Natureza e o manifesto carinho que me era dispensado proporcionaram rápida cura. Até hoje tenho a marca.

O pouco mantimento se escasseava e chegou a hora da reposição. Nova aventura. Caminhamos muito, por estrada de terra às vezes, por dentro da floresta outras vezes, até chegar a um acampamento que se situava às margens de um córrego. Avistamos casas rudimentares, de madeira, algumas deixando a fumaça da chaminé ganhar os céus. O local mais parecia aquele mostrado por filmes do velho oeste americano. Entretanto os olhos do menino se encantavam intensamente com aquele panorama surpreendente. Adquirido o suprimento, empreendemos a viagem de volta.

Qual não foi minha alegria e surpresa quando percebi que ele havia comprado balinhas doces para mim. Que festa! Até hoje, muitas décadas depois, lembro-me da cor do papel que as envolvia. Bolinhas rosa num plano de fundo branco. Comprou também, num arroubo de ousadia, uma latinha de salsichas. Quando a abriu, falou que comeríamos, a cada dia, uma ele e outra eu. Tirou uma e me entregou. Pegou outra e a experimentou. Deliciosa. Aí sugeriu que cada um de nós comesse mais uma. Em pouco tempo, devoramos todas as salsichas.

Pobres pombinhas selvagens

Quando a mistura chegou ao fim, papai resolveu construir uma arapuca para aprisionar as pequenas pombas-rolas que voavam rasteiramente nas matas. Instalou a armadilha enquanto eu observara. No outro dia, uns três animaizinhos estavam presos. Fiquei com muito dó. Na manhã seguinte, ainda cedo, ele as depenava e preparava, porque iríamos levá-las para o almoço. Com a escassez das reservas financeiras, ele havia sido contratado para o desmatamento de uma gleba localizada bem longe dali. O perigo que poderíamos encontrar pelo caminho era real.

Então ele levava na cintura uma garrucha de dois canos, marrom. Mas penso que com ela não acertaria nem um elefante. Não sabia atirar. E quando a experimentava ela pulava em sua mão. Em todo caso, minha segurança era ele mesmo. Cruzamos florestas e duas estradinhas de terra, até chegarmos ao destino. Árvores muito altas, cujos troncos ele começou a fustigar com o machado. Demorava muito, muito tempo até que a gigante tombasse, provocando estrépito nos galhos de outras árvores que levava consigo, até o estrondoso impacto com o solo.

Certo dia, quando estávamos naquelas matas longínquas, logo depois de almoçarmos na marmita, ele mandou que eu fosse à nascente que se localizava a cerca de um quilômetro dali, para encher a moringa. Saí por uma trilha bem estreita para cumprir a tarefa, enquanto ouvia o barulho do machado que feria, inclemente, o grosso tronco da árvore.

Lá chegando, descortinou-se um lugar muito bonito, com água nascente que corria num pequeno riacho. Sobre o regato, encontrava-se uma grande árvore tombada. Na extensão de seu tronco, chamaram minha atenção as marcas das garras de onças, que certamente vinham beber água e subiam ali para descansar.

Deslumbrado com a visão do local, principalmente com os desenhos simetricamente cravados nos troncos, fiquei ali sentado, apreciando longamente o panorama misterioso. Estava embevecido com a paisagem e talvez com a possibilidade, na visão infantil, de ver de perto a fera tão perigosa. Depois enchi a moringa e voltei calmamente ao local onde estávamos acampados. Meu pai estava aflito e inquieto com minha demora. Ficou muito aliviado quando me viu e exclamou emocionado:

– Eu estava desesperado, imaginando que animais selvagens tivessem te atacado e matado. Se tivesse acontecido isso, eu apontaria a garrucha para meu ouvido e detonaria. Morreria também.

Meus sentimentos infantis foram contraditórios: de êxtase por saber que alguém no mundo realmente me amava; de enorme apreensão por imaginar que ele poderia ter cometido ato tão extremo.

Em outra ocasião, correu a notícia de que grileiros de terras haviam se confrontado num trecho de estrada. Tinha havido intenso tiroteio, e algumas pessoas, fugindo da morte, haviam se refugiado na selva e ainda não tinham sido localizadas. Um caminhão dos grileiros e um jipe dos proprietários levavam os insurretos. Dias depois, meu pai me convidou para irmos ao local para ver os vestígios da conflagração. De fato, encontramos cápsulas de munição detonadas e vimos troncos de árvores com as marcas das balas. Haviam chamado a polícia na cidadela mais próxima, Nova Londrina.

Os milicianos vieram depois de sessenta dias. Sem nada a fazer, um dos soldados disparara seu rifle contra um tronco de guaritá, transpassando-o. Essa era a madeira mais rígida que havia naquela floresta. A peroba vermelha era a mais procurada pelos madeireiros, que amarravam as grandes toras, com cabos de aço, e as levavam em seus caminhões. Uma vez por mês, passava pela estrada o veículo que vinha de Penápolis em direção ao acampamento. Nós íamos esperá-lo para perguntar se trazia correspondência da família.

A onça-pintada

Numa tarde de domingo, seu Juvêncio apareceu em nossa casa com uma espingarda dependurada no ombro. Convidou para irmos colher jabuticabas, frutas abundantes na floresta. Eram produzidas por árvores frondosas, bem altas, as quais eram derrubadas para acesso aos frutos. Entramos na floresta. Ele ia à frente, logo depois meu pai, e, por último, eu. Fila indiana. Depois de algum tempo, seu Juvêncio avistou, no topo de uma árvore, a famosa onça-pintada. Pediu que ficássemos parados e quietos. Apontou a arma para a fera e disparou o tiro certeiro. Ouvimos o barulho do animal chocando-se com o solo.

Ouvimos também o latido do cachorro que nos acompanha, perseguindo algo. O barulho foi ficando mais baixo à medida que o animal se afastava de nós. Chegando perto da onça abatida, eles notaram que se tratava de filhote cuja mãe saíra em disparada, perseguida pelo cão. Meu pai colocou a oncinha na lata de vinte litros que havíamos levado para coletar as frutas. Mesmo filhote, o animalzinho era tão grande que metade do corpo ficava fora da lata. Já de volta, ele extraiu o couro da linda oncinha-pintada, colocou-o para secar e foi guardado como relíquia.

De volta às origens

Certo dia meu pai anunciou que havia vendido a propriedade e iríamos voltar. Eu disse que queria ficar lá para sempre. Que ele poderia me deixar morando com seu Juvêncio e família. Mas eu já sabia, de antemão, que a resposta seria negativa. Inicia-se a longa viagem de volta. Com os poucos pertences, embarcamos na jardineira que fazia a linha Porto São José a Maringá. Naquela época, por volta de mil novecentos e cinquenta, aquela cidade era dividida em duas: Maringá Nova e Maringá Velha.

Durante a viagem, meu pai conversava com um passageiro quando foi informado de que as estradas estavam intransitáveis. Terra roxa, lisa como sabão. E que uma boa alternativa seria tomar o avião que saía daquela cidade para Tupã-SP. Fiquei apavorado com essa possibilidade. Não fora devorado por animais selvagens, mas iria morrer na queda da aeronave! Papai acalmou-me um pouco. Paramos para almoçar num bar, em Maringá Novo. Enquanto sentados à mesa, observamos tumulto e correria rumo à calçada. Nós também fomos ver o que acontecia. No lado de fora, junto à guia da calçada, um corpo de homem, com camisa verde colante, jazia estendido.

De seu peito jorrava uma bica de sangue, volumosa, que descia pela guia da calçada. Visão trágica gravada para sempre na memória. Lembro-me até hoje da cor da camisa da vítima. Comentavam que se tratava de disputa por uma empregada da farmácia localizada ao lado do bar. O eterno triângulo amoroso. No aeroporto, um DC 3 recebia os passageiros. Indicaram-me um acento ao lado de um senhor japonês.

Eu estava com muito medo, mas logo comecei a me encantar com a arte da aviação.

Nos céus, mas não muito alto, o avião oscilava conforme os acidentes topográficos sobre os quais sobrevoava. A sensação era paradisíaca: liberdade, poder, encantamento. Tornei-me para sempre fã da aviação. Esse fato viria a determinar os caminhos do progresso que eu iria trilhar depois dos vinte e um anos de idade. Pousamos no aeroporto de Tupã e prosseguimos de jardineira para Penápolis. O paraíso ficara para trás, restando, para sempre, a saudade da visão encantada ali experimentada.

A vida continua

De volta a Penápolis, papai tentou ganhar o sustento da família com a profissão que seu genitor lhe havia indicado. Trabalhou de barbeiro em dois salões. Eu o acompanhava e, durante seu trabalho, brincava com meus amigos ou engraxava sapatos. Muitas vezes, passava em frente ao cinema e admirava longamente os cartazes. Estava sendo anunciado "O cangaceiro", com Alberto Russel e Vanja Orico. Aguardei ansiosamente a estreia e lá estava eu, curtindo antes o seriado "Os tambores de Kung Fu".

Tudo corria bem nesse período, pois me sentia sob a proteção silenciosa do pai. Porém ele não gostava dessa profissão. Muito mais tarde, confessou-me que "não suportava passar a mão em cara de homem". Por isso partimos e fomos residir num sítio nos arredores de Tupã. Ele havia sido contratado como meeiro na lavoura de café. No novo local, passamos a morar numa casa de pau a pique. Da janela eu enxergava a casa de seu Zé Baiano, de madeira e maior que a nossa. À noite ele ligava o rádio à bateria, e de lá vinha a voz rouca de Luiz Gonzaga, que, desde o longínquo Rio de Janeiro, despontava para o sucesso com sua "Asa Branca".

Nesse período eu possuía pequena coleção de gibis, que eram minha alegria. Consumiam parte do tempo e brindavam-me com sonhos, nas aventuras de Roy Rogers, Hopalong Cassidy, Rocky Lane e outros. Certa vez acompanhei meu pai até a cidade e, numa venda de beira de estrada, um viajante me presenteou com um gibi do Pato Donald. Fiquei muito feliz e me lembro até hoje de que a capa era verde, e o patinho, amarelo.

Meu pai guardava em casa uma garrafa de Tatuzinho, que misturava com outra bebida para produzir o "rabo de galo" que ele tomava antes do jantar. Certa vez ele e minha madrasta foram juntos para a cidade, deixando em casa eu e minha irmã Sara, que teria, na época, uns seis anos de idade. Quando se afastaram, peguei a garrafa de pinga e tomei um gole, oferecendo outro para minha irmã. Comecei a esquentar e então veio a sequência. Um gole para ela, outro para mim.

Não tardou o efeito terrível: ela estava estendida no chão, de costas, braços e pernas abertas. Eu, em pé, não conseguia sustentar-me nas pernas, mas me senti desesperado, na ânsia de ajudá-la. Pensei que ela morreria. Saí, cambaleante, à procura do casal de vizinhos que, naquele momento, encontrava-se na lavoura de café, talvez a uns dois quilômetros de distância. Cheguei ziguezagueando, agonizando, a voz não saía para pedir socorro. Mas num grunhido pronunciei o nome de Sara.

O casal saiu quase correndo, percebendo que algo gravíssimo havia acontecido. Eu vinha atrás, ainda cambaleando, mas já um pouco aliviado porque o socorro estava a caminho. Quando chegamos perto da garotinha, a mulher olhou para o marido e disse: — É pinga, Zé. — Certamente desmaiei, porque não vi mais nada. Quando acordei, minha irmã já estava melhor. Não sei o que fizeram para reanimá-la. Sou imensamente grato ao casal.

Quando percebi a traquinagem que fizera, fiquei com muito medo da reação do meu pai e de sua mulher, quando voltassem. Mas, misteriosamente, nenhuma reprimenda aconteceu. Devem ter-se dado conta da imprudência de deixar bebida alcoólica ao alcance de crianças. Até hoje, tanto tempo depois, brinco com Sara, que já é avó, sobre aquele acontecimento perigoso. Rimos juntos, mas ainda nos reportamos ao grave risco que corremos. No sítio corria um pequeno riacho, quase um filete de água. Em meio à mata rasteira, eu observava, longamente, o líquido da vida e sonhava, sonhava... Atualmente aquele local é Estância Balneária, pois represaram o córrego e o pequeno afluente que nele desaguava e formaram uma bela represa, a qual atrai turistas da cidade e redondezas.

Aparece uma santa

Por essa época, recebemos a visita de tio Pedro e tia Ermínia. Casal muito bom e profundamente humano, a ponto de dizer para meu pai que não era possível que eu deixasse de completar o quarto ano primário, que havia sido interrompido pela metade com nossa mudança para o sítio. Na pequena cidade de Rinópolis, onde eles moravam, meu tio era marceneiro. Eu os acompanhei, muito feliz com as novas perspectivas que se descortinavam. Lá chegando, titia disse que eu também deveria ajudar no sustento da casa, pois eles viviam com dificuldade. Tinham dois filhos: Jonas e Gilmar. Assim, recomecei os estudos, com imensa alegria. Na parte da tarde, subia na laranjeira que havia no quintal de casa, para estudar. Já começava o gosto pelos estudos. Percebi que, pela primeira vez, chamavam-me pelo nome correto, no diminutivo: Toninho. Sinal de respeito. Antes dessa época, nem sei ao certo, pois eram raras as vezes que alguém falava comigo.

Logo meu tio levou-me para trabalhar com ele na marcenaria. Mesmo com treze anos de idade, peguei duro no trabalho. Carregava serragem, ajudava com a madeira e, no tempo livre, montei belo joguinho de mesa e cadeiras. Encerrado o período de trabalho de um desses dias, ao chegar a casa meu tio disse para a esposa, em tom alto para que eu ouvisse:

— O Toninho é muito bom de serviço.

Aquilo entrou como cantiga de ninar em meus ouvidos. Um elogio que iria marcar para sempre minha vida. A partir daí, esforcei-me mais ainda. Ia engraxar sapatos na calçada da rodoviária, entregando para a tia o produto. Porém ela permitia que eu comprasse algumas balinhas doces. Rara iguaria e até hoje me lembro da marca: "Chita". Bala simples, de abacaxi, papel amarelo e marrom. Nesse período vi passar pela rua principal o enterro do fundador da cidade, senhor Rino. E, falando nisso, na época de finados eu ia com minha latinha de tinta pintar túmulos no cemitério, para reforçar o ganho da casa. De nada disso me envergonho; pelo contrário, tenho orgulho, pois aprendi para sempre a valorizar os humildes.

Eu era muito aplicado na escola e a nota final do Curso foi noventa, para minha euforia. Corria o ano de mil novecentos e cinquenta e quatro, e, no rádio, duas músicas alcançavam sucesso: "Canção das crianças", com Francisco Alves, e a dramática "O ébrio", com Vicente Celestino, ambos cantores de vozes muito potentes. Pelo rádio começavam a chegar notícias alarmantes. Conflitos entre Getúlio Vargas, então presidente da República, e o político Carlos Lacerda.

Os desentendimentos culminaram com o suicídio de Getúlio. Movimentos de pessoas exaltadas tomavam as ruas da Cidade Maravilhosa. Havia risco de convulsão social, revolução ou sei lá o que mais. Bem perto de casa, uma jovem que morava do outro lado da rua, em frente à casa de meus tios, tinha se envenenado, porque havia sido abandonada pelo namorado. Diziam que o veneno que ingerira dissolvera os órgãos atingidos. Pobrezinha! Não entendera o fato de que neste mundão de Deus existem bilhões de outros homens.

No retorno, novas dores

Diploma na mão, hora de voltar para o sítio onde meu pai trabalhava. O saco de farinha que continha minhas roupas carregava, longo no topo, o diploma, relíquia que eu viria a guardar para sempre. Chegando ao local, era tempo de secagem do café. Espalhado num terreiro de tijolos, o fruto era rastelado de um lugar para outro, para secagem da semente preciosa. Nova etapa começava. Cheguei esperançoso, mas logo voltaria a sentir a rejeição silenciosa por parte da madrasta, e certa indiferença por parte do pai.

Ainda assim me encorajei a pedir ao vizinho que me emprestasse seu cavalo branco, decidido a ir sozinho até a cidade. Chamava a atenção o prédio do cinema, construído a uns cem metros da matriz de São Pedro. Ali, como fizera antes na outra cidade, apreciei longamente os cartazes que anunciavam novos filmes. Mas nunca pude entrar naquele prédio. Soube mais tarde que os padres da igreja teriam se rebelado contra a construção e a teriam amaldiçoado. Tudo porque se localizava defronte à igreja. Certamente é lenda. Sacerdotes são pessoas de cultura e tem discernimento. Não fariam isso. O fato é que a sala de projeções foi fechada para sempre.

Numa das visitas que fiz à cidade, acompanhado de meu pai, visitamos um casal que ganhara um filho. Ao ver a mulher com a criança nos braços, perguntei-me mentalmente se poderia haver alguém, em todo o mundo, mais feliz do que aqueles dois. Numa outra visita, papai mostrou-me a casa do fundador da cidade. Na verdade, a vila de Tupã teve como primeira fundadora a índia Vanuire, daí por que todas as ruas têm nome de tribos indígenas. Tupi, Aimorés, Xavantes e por aí vai.

Papai falou-me de uma lenda segundo a qual o fundador da cidade era um homem mau. Era grande fazendeiro da região (eu nasci numa das fazendas desse milionário). Meu pai dizia que, certa vez, um trabalhador de uma das fazendas dele foi pedir ao patrão um adiantamento de salário, para poder sepultar o filhinho. O dinheiro lhe fora negado, sob o argumento de que ele, patrão, observava rigorosamente as datas de pagamento. Eu nunca soube se isso aconteceu de fato. O que constato, mais uma vez, é que o direito de defesa, ou contraditório, como está grafado nas leis, é absolutamente negligenciado no dia a dia. Tal conduta pode configurar um dos crimes contra a honra: difamação, calúnia, injúria.

De noite, o medo

Nessa época passei o maior medo que já senti em toda vida. O principal quarto da casa havia sido dividido em dois, com uma espécie de meia-parede de madeira, talvez com uns três metros de altura. O casal dormia na parte maior do cômodo, e eu, na menor. À noite eu os ouvia conversando sobre os mais diversos assuntos. Curioso, escalei a parede para vê-los. Foi o bastante para que ela exigisse que eu mudasse de quarto. Que fosse para outro, um tanto longe dali, do outro lado do corredor. Acontece que, naquela época, havia corrido nas redondezas a notícia de que meu pai vendera suas terras no Paraná. Eles desconfiavam que ladrões rondassem a casa, em altas horas da noite. E apontavam, preocupados, marcas de pés na areia, do lado de fora, próximo às paredes. Verifiquei as marcas, dissimuladas, pois eles revestiam os calçados, envolvidos em panos. O medo era grande. Na hora de dormir, sozinho, eu quase tremia de pavor, temendo que entrassem em meu quarto e me matassem.

Próximo à cabeceira de minha cama, havia um pequeno porta-retratos com a imagem de um menino. Lia-se no rodapé: "São Domingos Sávio". Era a ele que eu me apegava fervorosamente, porque não podia relatar aquela aflição a meu pai, e muito menos pedir algo para mim. Voltara a ser fustigado pelo sofrimento do desprezo e sentia-me, como sempre, sem direito a pedir o que quer que fosse. A vida continuava.

Depois do jantar, era comum a vinda de outros sitiantes para conversar com meu pai. Crianças não podiam participar do diálogo dos adultos. Eu virava o rosto para observar um, depois o outro, na medida em que falavam. E prestava muita atenção nos assuntos. O tratamento corrente era *senhor,* palavra respeitosa, mas que estabelece distância. Afasta qualquer intimidade. Doutor, mais ainda. E excelência então representa distanciamento enorme. Tudo isso eu viria a constatar décadas depois, quando exercia advocacia ou me encontrava investido em cargo importante no âmbito federal.

Certa noite havia um baile, arrasta-pé como diziam, nas proximidades de onde morávamos. Fui até lá e fiquei maravilhado com os jovens casais que dançavam. Principalmente com o sanfoneiro que tirava de seu fole um som espetacular. A cobertura era lona de circo. Ainda nessa época, havia por lá outra lenda. Era a de seu Chico Preto, que correria pela escuridão cavalgando, orgulhoso, seu cavalo de pelagem negra como noite sem luar. Presenciei esse fato quando ele passava pela trilha próxima de onde morávamos.

Outro acontecimento que marcou essa época foi a cena que presenciei no quintal de uma casa situada à beira daquela mesma estradinha. Uma moça, certamente bem jovem, fazendo xixi no quintal da casa dela. Olhei para a jovem, fixando-me nos pelos pubianos negros. Comecei a tremer, sem nem mesmo saber o porquê. Ainda bem que ela não me viu, senão eu teria levado uma carreira.

Por esse tempo, veio nos visitar tio José, casado com a irmã da madrasta. Vieram com ele seus filhos, muito agradáveis. Trouxeram bola de futebol, com a qual nos divertimos muito. Nesses momentos me senti igual às outras crianças. Titio era charreteiro, em Adamantina, cidade localizada a sessenta quilômetros dali, na direção do estado de Mato Grosso do Sul. Convenceu meu pai a mudar-se para lá e trabalhar na mesma profissão, que dizia garantir bem o sustento da família. Após algum tempo pensando na proposta, papai resolveu aceitar a sugestão e para lá nos mudamos. Ele adquiriu uma chácara localizada num dos extremos da cidade. Havia alguma plantação e duas casas humildes, mas de tijolos. Nova vida se iniciava.

Trabalho pesado

Com apenas quatorze anos de idade, mandaram-me trabalhar numa serraria, perto da linha do trem. Minha função era junto à "pichadora", uma esteira giratória impregnada de piche fumegante. Eu tinha de mergulhar um dos lados dos tacos naquela química, a qual soltava fumaça, de tão quente que era, e impregná-los de pedrisco. Pisos para assoalhos daquela época e durante muito tempo. Depois do trabalho eu levava um feixe grande de restos de madeira, para uso no fogão a lenha. Cada gota de piche que espirrava, por vezes atingindo minha mão, formava uma bolha de queimadura, ardia muito.

Mas, como sempre, eu não ousava reclamar. Sofria em silêncio. A rejeição da madrasta e a indiferença de meu pai seguiam como sempre. Ela queria que eu fosse embora, meu pai silenciava, mas eu não sabia para onde ir nem com quem poderia viver fora dali. Foi nessa época que apareceu seu Buri, o qual, com o pequeno carrinho ambulante, fazia propaganda da loja de tecidos. Aproximou-se, mostrou-se amigo a ponto de eu lhe relatar as dificuldades que me assolavam.

Entregou-me um cartão com endereço do Partido Comunista, em São Paulo. Dizia que eles cuidariam de mim. Fiquei muito tempo com aquele cartão no bolso, parecia uma tábua de salvação. Eu não sabia o que era comunismo. Guardei o cartão até o dia em que Buri perguntou se eu tinha algo de minha propriedade. Eu disse que somente possuía em minha posse o quebra-cabeça, que guardava com extremo carinho, como relíquia que lembrava a professora, D. Terezinha. Ele disse que o trouxesse para ajudar o Partido.

Fiz isso, com grande sentimento, mas desde aquele momento passei a desconfiar de suas intenções, bem como das do Comunismo, como desconfio, agora ainda mais, dessa corrente política depois de vê-la fracassar em praticamente todo o mundo. Talvez daqui a uns cem anos, quando todos concordarem de bom grado a partilhar tudo, essa matiz política seja viável. Atualmente, funciona mais ou menos assim: o que é seu é meu, mas o que é meu é somente meu. Senti tanto ter ficado sem meu tesouro que resolvi descartar o cartão. Graças a Deus.

Tempos depois, nos anos sessenta e mesmo antes, comunistas eram caçados e muitos deles mortos pelo regime que dominou o Brasil, principalmente durante os vinte e quatro anos da ditadura militar que imperou no país. Mais uma vez, o menino se livrava de grande perigo. A essa altura, meu pai já possuía sua própria charrete e trabalhava na cidade. O transporte mais comum naquele tempo era esse. Havia raríssimos automóveis de aluguel, hoje táxis. Ao lado da casa onde morávamos, residia outro charreteiro, de nome Ambrósio. À noite, quando eu já estava deitado, ouvia sua chegada com a charrete. Ele abria o portão já estalando o reio e gritando com os filhos. Aos berros, mandava que o menino Osvaldo providenciasse ração para o animal. A esposa, dona Dita, magrinha, não podia proferir uma palavra.

O reio estava pronto para "comer". Era uma realidade assustadora, e a cena se repetia a cada noite. Hoje a Delegacia da Mulher e da Infância colocaria rapidamente paradeiro naquela prepotência. Violência de todo tipo ainda existe atualmente, mas quando as autoridades são informadas tomam providência. Certa vez, indo para o centro da cidade, soube que o açougue precisava de um menino para fazer entregas. E que soubesse andar de bicicleta. Era comigo mesmo, pois tinha na memória a dolorida lembrança de ter sido surrado por ter alugado uma.

O gosto pelo cinema e... muito trabalho

O proprietário do açougue era português, um dos três parentes que haviam vindo de Portugal, trazendo suas reservas, para montar negócio naquela longínqua cidade de Adamantina. Souberam de antemão que naquele local estavam chegando os trilhos da Ferrovia Paulista, implantada pelos ingleses. O dono do açougue era seu Abílio. O tio dele, Manoel, montou o Grande Hotel, hoje Vila Verde. O outro parente comprou o bar da esquina, e um quarto comprou uma gleba rural, cuja produção seria consumida pelos parentes comerciantes.

Ofereceram-me comida e local para morar, numa casinha existente nos fundos do cine Adamantina. Nela eu ocuparia o segundo patamar de um beliche. De salário jamais se falou. Era trabalho escravo, na verdade exploração de mão de obra infantil, porque eu ainda era menino, com menos de catorze anos. Fiquei muito feliz e orgulhoso por mudar-me para a cidade. Sentia-me importante. Lá havia luz elétrica. Eu podia assistir de graça aos filmes exibidos no cinema, pois a grande porta lateral permanecia aberta para ventilar a sala de projeção.

Era por ali que eu tinha de transitar para chegar a casa. Desse tempo, encantei-me com "O suplício de uma saudade", com Jennifer Jones e William Holden. A música do filme era lindíssima, e eu a admiro e ouço até hoje: "Love is many splendore Thing". Também vi "Carmen" e "Habanera", excelentes filmes a cores, o que era um luxo. Eu acordava às quatro da madrugada para começar as entregas de carne, cujos pacotes iam presos no compartimento de trás da bicicleta. Quase todas as ruas eram de terra. Certa vez, com o trepidar da bicicleta, o pacote contendo um frango se desprendeu. O invólucro se abriu, a penosa depenada caiu no chão, impregnando-se de poeira.

Pensei que iam acabar comigo, porque o dono do açougue agia com brutalidade quando ficava nervoso. Porém a bondade que tantas vezes se manifesta é um facho de luz no mundo. A senhora que recebeu o pacote não me denunciou. Disse que limparia a ave, não tinha problema. Ufa!

À tarde eu ajudava a desossar carne. Certo dia, a faca resvalou e atingiu em cheio um dos dedos, provocando corte profundo. Seu Abílio encaminhou-me para tratamento. Senti-me importante indo a um médico pela primeira vez de que me lembrava. De outra feita, algumas gotas de sangue espirraram da carne que eu desossava e atingiram a parede branca, sujando-a. Seu Abílio virou uma fera, esbravejando, como se eu tivesse culpa. Havia dois açougueiros, seu Fábio e seu Osório; e um garoto que trabalhava no caixa, meu amigo.

No período em que morei na cidade, nem meu pai, que fazia ponto de charrete a umas duas quadras, nem eu, procuramos um ao outro para conversar. Havia mágoa de minha parte e indiferença da parte dele. O português deu-me uma colher de chá. Pagou para mim um curso de datilografia. Entrei na escola "Remington" e fui muito aplicado. Passei com nota muito alta. Mais um motivo de orgulho e aprendizado que iria balizar meu futuro. Porém as aventuras e o sofrimento não haviam chegado ao fim naquele local.

Como eu prestava trabalho escravo, zero salário e muito serviço, com direito tão somente a cama e comida, as moedas que os fregueses davam de caixinha eram preciosas. A além de comprar, às vezes, um sorvete de limão, no bar da esquina, eu as colecionava num cofrinho, o qual inocentemente guardava no quarto. Lá moravam, além de mim e o patrão, outro empregado. Certo dia o jovem que trabalhava no caixa do açougue sugeriu que, às vezes, pegássemos para nós parte ínfima do dinheiro de algumas entregas. Em moedas também, pouquíssimas. Concordei. Mas essa atitude viria a me causar novo tormento e nova acusação.

Eu julgava que as moedas das quais me apropriava eram minhas por direito, já que nada recebia pelo árduo trabalho prestado. Entretanto cometi o erro ou acerto de "voar um pouco". Fui a uma demonstração de voo na cidade de Pompeia, distante sete quilômetros dali. Eu nem imaginava, mas seu Fábio, um infeliz puxa-saco do patrão, começou a desconfiar de mim. Entretanto a demonstração de voo foi uma festa. Mais ainda, dei-me ao luxo de tirar uma foto ao lado de um monomotor *Sthynson*.

Esse avião pertencia a um piloto de Adamantina que, gentilmente, convidou-me a voltar com ele e o copiloto para a cidade de origem. Fiquei em estado de graça, pois admirava há muito tempo aviões. Certamente porque simbolizavam, para aquele jovem de 14 anos, a liberdade. Voar no céu, livre como pássaro. Esse piloto mais tarde viria a ter um triste fim: quando sobrevoava Adamantina, com suas manobras radicais, um dos cabos da aeronave se rompeu enquanto ele praticava um "parafuso". O avião caiu na rua calçada, em frente à Prefeitura. Afundou no chão. E lá jazia o corpo estraçalhado de meu amigo.

Compreensão, ainda que tardia

Numa outra ocasião, resolvi aproveitar um domingo para ir à minha terra natal, Tupã, distante apenas sessenta quilômetros dali. Tinha saudades de lá, até porque a cidade lembrava-me mamãe, de cuja morte somente ficara sabendo aos sete ou oito anos de idade. E diz a Psicologia que a criança, nessa circunstância, sente-se abandonada pela genitora. Deduz que não a amava e por isso a teria deixado. Sentimento de rejeição profundo, de desamor e da consequente culpa.

Demorou muito tempo também para que eu soubesse que mamãe, uma pobre menina de apenas 27 anos de idade, acometida de grave depressão puerperal, certamente sem ter seus clamores levados a sério, e também sem socorro médico, havia cometido suicídio, saltando numa cisterna profunda. Esse fato profundamente chocante aconteceu na cidade de Marília, para onde meu pai a levara para tratamento depois de instalada a doença.

No percurso de trem, ela deu muito trabalho, totalmente descontrolada, dizia meu pai. A *causa mortis* impressionou-me muito. Senti profunda tristeza e medo quando dela tomei conhecimento. Esse medo perdurou até meus trinta e poucos anos. Foi então que um sacerdote bondoso, Padre Ottomar Scheider, do Movimento Apostólico de Schanstttat (Hoje Mãe Peregrina), conseguiu tranquilizar-me, relatando a história de um Santo. Trata-se de São João de Villeney, chamado Cura D'Ars.

Enquanto garoto, quando ele estudava num seminário francês, os professores deduziram que sua inteligência era muito fraca, QI bem abaixo do que pretendiam para os futuros sacerdotes. Mas como o estudante era muito bondoso, caridoso e dotado de grande paciência e paz, resolveram aproveitá-lo nos serviços da Igreja. Com a condição de que fosse servir "no fim do mundo", um vilarejo longínquo e esquecido chamado Arns. Porém qual não foi a surpresa de todos ao saber que o sacerdote estava operando milagres. Acabou por ser canonizado, com a denominação de Cura D'Ars.

Padre Ottomar relatou que certa vez o santo havia sido procurado por uma família, na qual os componentes se remoíam de preocupação por ter ocorrido suicídio de um familiar. Segundo a concepção da época, de pessoas não somente ignorantes, mas também desconhecedores dos cânones da ciência, a qual viria a rever essa questão até hoje tão tormentosa do suicídio, acreditavam que o suicida iria para o inferno. Então, essa família foi procurar o Cura, levando-lhe essa profunda preocupação. O religioso perguntou:

— Ela morreu ao saltar daquela ponte muito alta, situada na estrada sob a qual corre o rio que banha a cidade?

Diante da resposta afirmativa, ele completou:

— Depois de saltar, no percurso entre a ponte e o rio, ela se arrependeu de sua atitude. Hoje está no Céu.

Esse relato aliviou-me para sempre daquele estigma. Amo profundamente minha mãe e tenho certeza de que, lá do Céu, onde ela está, ajudou a guiar meu destino e o de seus outros dois filhos, que ficamos neste mundão de Deus.

Atualmente a Psicologia descobriu que o suicida, na verdade, não quer morrer. Ele tem profundo apego à vida. Ele quer matar, isto sim, é o problema que o está angustiando e enlouquecendo. Que pena!

Se tivesse lucidez, perceberia que todo problema tem solução. E que se, absolutamente, não tiver solução, já está solucionado. Nada a fazer, senão readquirir a calma e enfocar racionalmente os fatos no sentido de tentar solucionar as possíveis consequências. Ou, no mínimo, constatando que há males que vêm para o bem e aprendendo com a adversidade. A vida de todas as pessoas demonstra isso.

Com o passar do tempo, numa análise adulta, podem reacessar mentalmente, ou *in loco*, os fatos que o atormentavam na época e foram arquivados na memória carregados de emoção. A partir daí, ressignificá-los, pois certamente não terão a mesma importância que tinham na época em que aconteceram. Lembro de novo que a criança, por ser pequena, muitas vezes vê as coisas ou situações de forma amplificada. Por exemplo, a mãe de minha madrasta, na época em que me tratava injustamente e eu era bem criança, eu a enxergava enorme. Voltei a vê-la trinta anos depois. Era mulher pequena, atarracada, gorda. Estatura bem menor que a minha, que já não sou tão alto: um metro e sessenta e cinco de altura.

Mais vergonha para um menino solitário

O trabalho no açougue continuava. À noite, do alto do beliche onde dormia eu apreciava uma revista com propaganda de relógios. A marca era *Mondaine*, que existe até hoje. Mas nem podia sonhar em adquirir um. Eu guardava outra revista, de dançarinas do carnaval do Rio de Janeiro. Detinha-me demoradamente vendo aqueles corpos bonitos e com pouca roupa. Eu despertava para o sexo, o que não passou despercebido na cidade. Logo apareceu uma mulher convidando-me a ir visitar sua casa numa vila. Com ela aconteceu a iniciação precoce na vida sexual. Eu nem sabia o que era aquilo, mas ela me ensinou. Ela veio por cima de mim, movimentou-se muito e em seguida arriou, parecendo desmaiada.

Havia outro cinema na cidade. Cine Santo Antônio, que eu não tinha dinheiro para frequentar regularmente, mas da calçada apreciava os cartazes. "Disque M para matar", com Lana Turner, impressionou-me pelo título. Certa vez, ao comprar ingresso na bilheteria, pela janela minúscula observei a vendedora. Fiquei maravilhado. Soube que se chamava Inês. Eu escrevia seu nome numa pequena caderneta, admirava, passava na calçada muitas vezes para vê-la, mas nunca tive coragem de demonstrar-lhe meus sentimentos.

O tempo passava e a rotina era a mesma. Acordar às quatro da madrugada e trabalhar no açougue. Quando desossávamos carne, os restos de todo tipo eram jogados em uma grande bacia, que permanecia sempre dentro da geladeira. O cheiro era desagradável, mas eles colocavam temperos e se tornava suportável. A cada quinze dias, aqueles retalhos eram moídos e transformados em linguiça. Nunca me lembro de ter havido qualquer inspeção sanitária naquele local.

Meu cofrinho permanecia no quarto onde eu dormia. Já continha razoável quantidade de moedas. Eu não o escondia, não via por que fazer isso. Ficava à vista de seu Abílio e do outro empregado que morava no mesmo local. Pois foi esse pequeno cofre o objeto utilizado pelo patrão para me arrasar. As duas viagens, curtíssimas, que eu fizera despertaram a desconfiança de seu empregado bajulador, que pretendia ser o gerente, e fui denunciado. Assim, certa tarde, de surpresa, fui chamado ao salão da frente do açougue, e, para meu espanto, lá estava meu pai, com quem eu não falava há muito tempo. Outro parente do português também se fazia presente.

O denunciante olhava feliz a cena que se desenrolava, mas o outro açougueiro, pessoa humana e bondosa, olhava para mim com compaixão. O proprietário abriu a conversa se dirigindo a meu pai.

— Chamamos o Senhor aqui porque seu filho vem roubando dinheiro do açougue.

Comecei a chorar, tentando me justificar, mas o patrão ameaçou-me:

— Não adianta negar. A prova está aqui. — E brandia o cofrinho. — Se criar problema, vou chamar a polícia.

Foi quando o outro português, mais compreensivo, interveio.

— Calma, meu primo. Ele é apenas uma criança! —E olhava para o cofrinho, certamente sugerindo que se tratava de quantia irrisória.

Eu estava em pânico. Envergonhado perante meu pai e tratado como ladrão, mais uma vez, injustamente. A ferida emocional antiga sangrou de novo. Tivesse acontecido nos dias de hoje, eu iria imediatamente à presença do Promotor Público da cidade denunciar a agressão moral que praticavam contra mim: trabalho escravo, insalubre, sem remuneração, sem registro. Tudo irregular.

Talvez por isso mesmo eles entregaram o cofrinho para meu pai, sem tirar dele um centavo. No íntimo sabiam que eu tinha direito àquele valor, e a muito mais. Meu pai nada dizia. Pegou o pequeno cofre. Eu o acompanhei para a casa dele, onde antes havia morado. Durante o trajeto, permaneci em silêncio e profundamente envergonhado. À noite, na vila distante, que não tinha iluminação elétrica, eu olhava para as luzes da cidade ao longe. O coração sangrava de dor e vergonha. Parecia Adão expulso do paraíso, envergonhado e sofrido.

Dias mais tarde, a madrasta mandou-me embora mais uma vez. Mas ir para aonde? Não havia opção. Fiz uma tentativa heroica. Procurei o dono do Grande Hotel, disse-lhe que estava sem emprego e perguntei se ele me acolheria. Afirmou que sim, e mudei-me para lá, num quarto localizado nos fundos. Estava feliz novamente. Porém a alegria durou pouco. No terceiro dia, o novo patrão chamou-me e disse que soubera do acontecido. Disse que até gostaria muito que eu ficasse trabalhando no hotel, mas não podia permitir, sob pena de se indispor com seu primo.

Eis-me de volta novamente, com minha trouxa, para a Vila Inhuporã. Mais vergonha, mais rejeição, mais tristeza. Foi então que descobri o endereço de meu irmão que já estava em São Paulo há tempos. Morava em pensão, na Rua São Caetano, bairro da Luz. Disse-lhe na carta que eu poderia trabalhar até no serviço de limpeza do local onde ele morava, porque estava sofrendo muito. Não obtive resposta prontamente. Mas a vida não tinha acabado. Hora de voltar à luta. Fui à cidade procurar novo emprego.

Como eu tinha curso de datilografia, o advogado da cidade, com escritório na mesma rua do açougue, interessou-se e contratou-me. O causídico pouco parava no local. Penso até que morava em outro município. Por isso era eu quem tomava conta do escritório. Certa tarde apareceu um possível cliente, mas não queria falar com o advogado, e sim comigo, porque eu sabia escrever. Ditou uma carta chorosa para a mulher dele, onde dizia que estava em outra cidade em busca de emprego. Afirmava que a amava muito e pedia encarecidamente que não o traísse.

Ganhei uns trocados e o homem saiu feliz com a missiva redigida. Senti-me importante em poder prestar aquele serviço. Em outra ocasião, o advogado mandou que eu levasse uma petição para despachar com o Juiz, que naquele momento se e encontrava no vagão *Pulmann* do trem estacionado na estação ferroviária e pronto para partir. Compartimento muito bonito, de madeira bem envernizada, piso com tapetes vermelhos. O magistrado, confortavelmente instalado em sua poltrona de couro, giratória, despachou a petição, que levei satisfeito para o escritório.

Sentia-me feliz em participar daquele evento, até porque vi na petição que se tratava dos pais de um casal de jovens, os quais queriam casar-se, mas não podiam fazê-lo sem suprimento judicial. Talvez daí tenha surgido meu gosto pelo Direito. Entretanto hoje sei que essa atração pelos estudos jurídicos deve-se, principalmente, ao fato de ter sido tão injustiçado na infância e na primeira juventude. Inconscientemente, procurei essa carreira para fazer valer meus direitos e o de meus clientes.

Mas o salário era muito pouco. Corri atrás de algo melhor. Encontrei serviço na Secretaria da Fazenda do Estado, que era representada por um único procurador e tinha escritório perto da linha férrea. Naquele local fui muito bem tratado pelo patrão, que me via quase como um filho que ele não tinha. Tinha consideração e respeito por mim a ponto de convidar-me para acompanhá-lo em uma sessão do cine Adamantina. Tudo perfeito. Certa vez um rapaz que lá tralhava, por indicação da família mais importante da cidade, foi à sorveteria e trouxe um sorvete para mim e outro para o chefe. Senti-me feliz e importante com aquela deferência, pois estava sendo tratado com a dignidade própria de qualquer ser humano.

Uma nova epopeia começava

Mas em casa a madrasta não dava tréguas. Queria, como sempre, que eu fosse embora. Porém a essa altura dos acontecimentos meu irmão de S. Paulo já havia respondido a carta. Escreveu dizendo que eu poderia ir para a capital, pois uma tia nossa me acolheria inicialmente, até que eu pudesse encontrar outro lugar para morar. Falei para o coletor, meu patrão, que estava indo embora, e ele, para minha grande alegria, me ofereceu um aumento salarial para que eu ficasse. Não pude aceitar, mas fui para casa feliz, devido à aceitação e ao acolhimento.

Ao entrar, mais uma vez tia Amélia iria me fustigar, como fizera em outras ocasiões. Disse que eu teria de ir embora, não tinha lugar para mim ali. Rejeição brutal de novo. Meu pai estava em casa, e ela se dirigiu a ele, ameaçadoramente, afirmando que se eu não fosse embora ela mesma iria, levando os filhos do casal. Meu pai, para minha surpresa e dor, respondeu:

— Se você for embora, Amélia, você sai pela porta da cozinha e eu saio pela porta da sala. Deixamos ele sozinho aqui.

Com as ameaças dela, eu já estava acostumado. Porém meu pai jamais me havia mandado embora de casa. Entretanto eu já tinha no bolso a carta do mano da capital. E respondi:

— Não se preocupem. Eu vou embora amanhã.

Desde aquele momento, reinou silêncio sepulcral na casa. Meu pai jamais esperava que eu realmente saísse. Contava que tudo não passaria de mais uma ameaça dela, como as outras vezes, sem maiores consequências, pois eu era indefeso. Entretanto, diante da minha firmeza de propósito, muito constrangido, dentro daquele silêncio total, ele começou a arrumar meus poucos pertences dentro de uma pequena sacola. Algumas peças de roupa e, para minha surpresa, trouxe o cofrinho e me entregou. Reforçou com algumas notas, para viabilizar a viagem.

No dia seguinte, na charrete dele, sem uma palavra de ambos, transcorria o percurso até a estação do trem. Depois de um bom tempo, ele disse, em tom de reclamação:

— A gente cria os filhos e quando eles crescem e estão prontos para trabalhar, vão embora.

Eu também rompi o silêncio para dizer:

— Eles vão embora ou vocês mandam embora?

Novamente o pesado silêncio, até que, sem despedidas, subi os degraus do trenzinho que me levaria embora para sempre. Coração povoado de sentimentos antagônicos, como a tristeza do sofrimento e a esperança de um futuro promissor, já que o sonho dos jovens do interior, na época, e até hoje, era ir para a capital e progredir. Esses pensamentos se mesclavam e alternavam com as dores morais da rejeição de tantos anos e aquelas da vergonha de ter sido acusado. Injustamente, disso eu tinha certeza, o que causava revolta ainda maior e o desejo de partir para a forra, alcançando sucesso. Mostrar para eles quem era eu!

A viagem fora planejada para que eu passasse pela cidade de Marília, a cem quilômetros dali, a fim de visitar meus parentes que lá residiam. Quando cheguei à casa da tia Soledad, percebi que estava em outro mundo. Consideração, tratamento carinhoso. Minha avó materna tinha imenso carinho e cuidado por mim, mesmo quando a distância.

Tomei consciência desse fato naquele momento. Não sei como, mas ela sabia do sofrimento que me era infligido. Era espanhola originária de família que fora nobre no passado e tinha perdido a fortuna.

Eles tiveram de emigrar para o Novo Mundo, fugindo da perspectiva da Segunda Guerra Mundial, que já se delineava na Europa em mil novecentos e vinte e seis. Mesmo pobre, ela não perdera a altivez e a nobreza. Tratava-me com consideração e carinho maternais, a ponto de levar-me à Avenida Sampaio Vidal para tomar sorvete, guloseima que me era proibida por conveniência dos adultos, sob alegação de que eu tivera pneumonia dupla aos três anos de idade.

Numa dessas idas ao centro da cidade, procurei a música do filme por cuja história me apaixonara, "O suplício de uma saudade". Encontrei, gravada em disco de vinil, setenta e oito rotações, pela orquestra de Mantovani, "Love is many splendored Thing". Esse tipo de disco era quebrável, o que me fez tomar cuidado redobrado para preservá-lo dentre meus poucos pertences. O trem para São Paulo passava por Marília a uma da madrugada. A Estrada de Ferro Paulista, construída pelos ingleses, assim como fizeram em muitas partes do mundo, continuava explorada por eles.

Vagões de madeira envernizada, bem cuidados, locomotiva a lenha, a *Maria Fumaça*, era pontualíssima, como acontecia e acontece até hoje no Reino Unido. Se o trem estava previsto para passar no local à 01h02, esse era o horário, invariavelmente. Meu tio Anselmo, motorista de praça na cidade, levou-me ao embarque e pediu ao passageiro que se sentou ao meu lado que olhasse por mim. Era ainda criança e estava viajando sozinho.

São Paulo quatrocentão

A longa noite de mágoas, sonhos e esperanças esvaneceu-se, dando lugar a paisagens muito bonitas, como plantações de café e de árvores frutíferas. Às onze da manhã, o comboio entrou na estação da Luz, marco da capital paulista até hoje. Tudo era novo, surpreendente, movimentado, emocionante. Procurei visualmente por minha tia, que iria me esperar na chegada, mas não a vi. Por sorte, trouxera anotado o endereço dela. Avenida Cruzeira do Sul, 1197, no bairro Ponte Pequena.

Entrei num táxi e me dirigi para lá. Avenida larga, abrigava em seu leito central uma estrada de ferro. A Cantareira, que saía da Rua João Teodoro, no bairro da Luz, e dirigia-se para Santana, alcançando a famosa estação da Jaçanã, que veio a ser imortalizada em música. Um samba *italianado* que até hoje se ouve, especialmente em festas. "Não posso ficar nem mais um minuto com você; sinto muito, amor, mas não pode ser. Moro em Jaçanã, se eu perder esse trem, que sai agora às onze horas, só amanhã de manhã...".

A casa da tia era um daqueles chamados "moquifos" paulistanos. Apenas um quarto, a cozinha no quintal, longe do quarto. E banheiro coletivo para as várias famílias que ali residiam. Meus tios já tinham na época dois filhos, bem jovens. Mesmo assim me acolheram, o que me comoveu, despertando em mim muita gratidão. Logo chegou meu irmão, que morava em pensão na Rua São Caetano, para onde eu me mudaria mais tarde. Acenou desde logo com a possibilidade de arrumar emprego de *office boy* para mim no escritório onde ele trabalhava, no Canindé.

De fato, fui acolhido pelo proprietário, e a longa caminhada de trabalho recomeçava. Seu Jonas, o proprietário, era portador de séria doença dos pulmões. Sentado em sua poltrona, no escritório, supervisionava o trabalho de uns cinco empregados. Escarrava frequentemente, cuspindo numa caneca com tampa, que ficava sobre sua mesa. Dava nojo, mas o que fazer? A esposa dele, dona Helena, muito solícita, dedicava-lhe atenção permanente e era muito educada para com todos.

Minha função consistia em receber mensalidade dos clientes, pagar contas na cidade e realizar tarefas designadas pelo patrão. Eu ia a pé para o trabalho. Não era longe. Tinha de atravessar a linha férrea, mas me detinha às vezes vendo os aviões de pequeno porte, que voavam com frequência, a baixa altura, devido à proximidade do Aeroporto Campo de Marte, um pequeno aeródromo localizado no bairro de Santana. Meu tio percebeu e, a par de me alertar para o perigo de ser colhido pelo trem de Jaçanã, apelidou-me de *piloto*.

Quase esse nome pegou, mas as lidas no escritório evitaram isso. Volto a frisar minha paixão por aviões, pois esse fato viria a ser decisivo para meu futuro. Lembro que o aeroporto internacional de Cumbica (que em linguagem indígena significa *nuvem baixa*) foi construído em Guarulhos, apesar de haver locais mais apropriados, porque os militares que comandavam o país na época da construção do grande aeroporto desejavam que aquele aeródromo internacional servisse também de apoio ao pequeno aeroporto de uso civil-militar, Campo de Marte.

Um novo emprego

Trabalhava no escritório outro *office boy*. O serviço externo era muito, pois não havia computador nem meios eletrônicos de pagamento. O tempo passou e tudo corria bem até que em certa manhã comecei a ouvir gritos do proprietário, bravo ao extremo com o outro garoto, que tinha sido vítima de um *conto do vigário*. Havia trocado o dinheiro bom, que se destinava a pagar impostos dos clientes, por enorme pacote encabeçado por notas de cinquenta cruzeiros, mas recheados com notas de um. O patrão ia à loucura, gritando e esbravejando com o empregado estático, paralisado de tanto medo. Eu escutava tudo, assustado, detrás de um armário, pensando não estar sendo percebido. Mas o chefe vociferou dizendo para o garoto:

— Você está despedido. — Fez uma pausa e vociferou: — E você, que está ouvindo atrás do armário, também vai embora.

No dia seguinte, eu já estava com o "Diário popular" nas mãos e logo estaria empregado, agora no centro da cidade, na Praça da Biblioteca, Rua Xavier de Toledo, próximo ao Viaduto do Chá. Tratava-se do escritório de uma Construtora e Pavimentadora, gerenciada por um português excêntrico e bravo que, no entanto, ao perceber meu grande esforço e dedicação ao trabalho, começou a valorizar-me muito. Eu era quase um menino com apenas dezessete anos de idade, mas ele me indicava como exemplo para todos os funcionários mais velhos que trabalhavam ali. Chegou a alimentar a esperança de que eu namorasse a filha dele, uma linda jovem que às vezes permanecia no escritório. Eu nutria muita simpatia por ela, mas era tão tímido que jamais tive coragem de declarar-me.

A empresa tinha como objeto o asfaltamento de ruas, com autorização da Prefeitura. Minha função, junto de outro empregado, era colher, de casa em casa, a assinatura dos moradores, para que o trabalho fosse referendado pela municipalidade. Porém a concordância tinha de ser unânime, de todos os habitantes da rua. Era uma luta imensa. Alguns queriam, outros não, outros estavam viajando. Algumas casas eram habitadas por familiares dos proprietários, outras por inquilinos.

Era uma vitória conseguir a assinatura desses contratos, mas eu era bom nisso. E seu Joaquim ficava muito feliz com meu desempenho. Rua da Mooca, Marquês de Valença, Fernando Falcão e tantas outras. Certa vez relatei a ele que uma família de determinada rua havia ponderado que somente no dia de Natal o proprietário estaria presente. Meu chefe disse:

— Então, Senhor Leiva (eu era apenas um menino, mas ele era muito formal), então esteja lá no dia de Natal.

Nas reuniões realizadas com moradores de ruas candidatas a receber asfalto, eu o acompanhava, carregando sua pasta. Ele explorava demais meu trabalho. Horas extras, nem pensar. Nem se cogitava em pleitear esse direito naquela época. O tempo passou, e certa vez fui acometido por séria dor de dentes, o rosto inchou muito. Não podia de forma alguma ir ao trabalho. Pedi a meu irmão que avisasse o patrão. O tratamento dentário se estendeu por uns quatro dias. Quando voltei ao escritório, ao abrir a porta, o chefe falou, em tom alterado:

— O que você está fazendo aqui? Pode ir embora.

— Mas eu estava com o rosto inchado — argumentei. — Pedi para meu irmão avisar.

— Ele não avisou e você está fora. Vou acertar suas contas.

Fiquei chocado, não somente com a injustiça, mas também por meu irmão não tê-lo avisado. De volta à pensão, pedi explicações.

— Foi de propósito. Ele está te explorando demais. Além de tudo, você precisa estudar — argumentou.

O recomeço dos estudos

Esse fato foi decisivo para meu futuro. Mas, antes de continuar, devo relembrar que meu ex-chefe era excêntrico, meio louco mesmo. Ficava muito bravo com dona Atília, a secretária. Certa vez, num rompante de fúria, esbravejando muito, ameaçou atirar na calçada, dois andares abaixo, a máquina de datilografia, feita de ferro. Gelei de medo. Naquela calçada passavam muitos transeuntes. Seria morte certa. Mas era só bravata.

Às vezes ele levantava o telefone do gancho e começava a falar com um amigo, de nome Minadágua Maricato. Quando ouvíamos esse nome, ríamos baixinho, divertindo-nos muito. Se ele ouvisse... O grande orgulho do chefe era ter ensinado seus funcionários a cortar papel. Devia-se olhar para o fim da linha que delineava o corte, não para a tesoura. Ele gabava-se disso, dizendo que tinha de ter vindo alguém do outro lado do Atlântico para ensinar os brasileiros a cortar papel.

Ainda das lembranças daquele emprego, registro outra loucura do gerente. Foi quando sua bela filha namorou um rapaz, que por sinal também se chamava Antônio. Terminado o namoro, ele exigiu que a mãe a levasse ao médico para constatar se a filha permanecia virgem. Tempos idos, hábitos hoje inimagináveis. Na pensão da Rua São Caetano, outro fato igualmente inusitado aconteceu: nosso colega morador, Oswaldo, oriundo da Paraíba de onde viera fugido por ter participado de tiroteio em disputas políticas, era feirante.

Encontrou uma noiva e casaram-se. Viajaram em lua de mel. Cinco dias depois, ele voltou para devolver a moça à família, porque ela não era virgem. Coisa do passado. Mas o Código Civil Brasileiro facultava essa atitude. O marido tinha dez dias, certamente considerando a viagem de lua de mel, para requerer a anulação de casamento caso a esposa não fosse virgem.

Novamente com o Diário Popular nas mãos, rapidamente encontrei outro emprego. Agora no Parque D. Pedro II, numa empresa que fabricava roupas e as vendia para todo o Brasil. Fui contratado como faturista, pois era bom datilógrafo. A essa altura, eu começara os estudos, no Ginásio Paulista, bem perto da pensão. Eu era muito aplicado, pois via no estudo um futuro promissor. Nos quatro anos do Curso, fui o primeiro colocado, ganhando medalhas de honra ao mérito. Trabalhava e estudava muito, porque havia vislumbrado o caminho do progresso e a fórmula para alcançar o tratamento digno com o qual sempre sonhara.

Agora estava acontecendo. Eu vivia feliz e esperançoso. No fundo, queria muito mostrar a meu pai e à madrasta que eu tinha valor, que era capaz, que estava vencendo. O salário era minguado e insuficiente para pagar D. Camélia, dona da pensão, e mais o ginásio. O frio paulistano à noite era cortante. Meu cobertor, ralo, pouco protegia. O frio aumentava e resolvi forrar o cobertor com folhas de jornais, que fixava com grampinhos de costura. A dona da pensão percebeu e sugeriu que eu comprasse do mascate Moisés um cobertor novo. Ele me vendeu a peça, para pagamento em dez vezes, mas desconfio que na primeira parcela ele ganhara o valor total do cobertor. O resto era lucro. Salário apertadíssimo. A vida continuava. Com um pequeno aumento no escritório, os gastos agora empatavam.

Progresso à vista

Foi então que vi no jornal um anúncio do Banco Mercantil de São Paulo, depois Finasa. Estavam admitindo empregados menores de idade. Candidatei-me ao emprego e fui selecionado, com muito orgulho, pois quando estava no interior sonhara em trabalhar num Banco. O empregador exigiu uma carta de fiança de meu pai. Com muito constrangimento, escrevi a ele pedindo esse favor. Escreveu de volta dizendo que daria a fiança, mas que eu tomasse cuidado para não o fazer perder a única propriedade que ele possuía.

A preocupação era razoável, mas reabriu temporariamente a antiga ferida de acusações injustas. Comecei a trabalhar na agência da Praça João Mendes, décimo segundo andar de um dos edifícios. Cheguei lá muito feliz, mas o primeiro trabalho consistia em arquivar fichas de títulos de crédito. Serviço extremamente maçante. Porém a necessidade fez com que eu me adaptasse. Instintivamente começava a apreciar as cores das fichas, azul, rosa etc., para suportar aquele serviço desagradável.

Exigiam que os empegados trabalhassem de terno e gravata. Logo eu, que mal tinha roupa para vestir! Mais uma vez, o mano me ajudou, emprestando seu terno verde. Logo alcançaria salário melhor, o que me permitia pelo menos empatar, até porque agora eu trabalhava em dois empregos. Comprei meu primeiro terno. De linho, azul-claro. Que orgulho! Meu ex-empregador gostava do meu trabalho e propôs que eu continuasse trabalhando, das oito até o meio-dia, já que o expediente do Banco se iniciava a uma da tarde.

Concordei, mas surgia um problema: onde e como almoçar sem dinheiro? Então comecei um regime quase impossível. Saía do escritório, no Parque D. Pedro, ia almoçar na pensão da R. São Caetano e depois me dirigia à Praça João Mendes, para bater o ponto no Banco. Tudo em uma hora. Eu saía em disparada pela Rua Cantareira, quase correndo, chegava à pensão, comia muito apressadamente e voltava quase correndo também. Quem conhece o local sabe que o trecho que eu percorria, de ida e volta, certamente tinha mais de oito quilômetros.

Terminado o expediente, eu tinha de ir correndo para o ginásio. Claro que não dava tempo de jantar. Então, passava na pastelaria do chinês, comia um pastel ou dois, mais um caldo de cana, e corria para o colégio. Porém esse ritmo era absolutamente impraticável. Comecei então a levar da pensão, pela manhã, um pãozinho com manteiga. Esse passou a ser o almoço, que eu tinha vergonha de comer na frente dos colegas. Escondia-me no banheiro para lanchar. Mas um dos amigos, Walter, percebeu e me chamou a atenção. Disse que naquele ritmo eu ficaria doente.

Tinha razão. Era impossível. Então pedi demissão do escritório e continuei no Banco. Nessa época algumas empresas exploravam muito seus empregados. Exigiam a permanência até bem depois de encerrado o expediente normal, sem jamais pagar horas extras. Eu não sabia que havia uma Justiça do Trabalho para corrigir esses excessos dos empregadores. Surgiu então outro problema: o gerente queria que eu permanecesse até muito depois de encerrado o expediente, o que inviabiliza minha chegada ao ginásio a tempo. Pedi ao contador que me liberasse em horário compatível com o ginásio.

Ele me disse gravemente:

— Escolha. Ou Banco, ou estudo.

Mas esse obstáculo também consegui superar, com muita dificuldade e sacrifício. Havia um objetivo maior, que era libertar-me da miséria e, especialmente, demonstrar aos que tinham me maltratado tanto no interior que eu era capaz, que seria um vencedor. Na pensão, àquela altura, meu irmão estudava com afinco para concurso de ingresso no Banco do Brasil, sonho dourado dos jovens daquele tempo. Um dos antigos colegas dele, Luiz, havia ingressado no BB e estava muito bem.

Minha diversão de final de semana, muitas vezes, era ir ao aeroporto de Congonhas ver os aviões. Sonhava com aeronaves, com voar. A dona da pensão tinha um namorado, seu Tigrão, dono de loja de calçados na Rua São Caetano. Ele frequentava muito o local. Na manhã de certo dia de Natal, ele apareceu com um garrafão de vinho, daqueles bem baratos. Pelas dez da manhã, perguntei a Tigrão, aquele homem de corpo imenso, se gostaria de disputar comigo quem conseguia tomar maior quantidade de vinho.

Começamos. Um copo ele, outro eu. E assim foi por bom tempo, após o qual deitei no chão e lá fiquei até passar a bebedeira. Para meu contendor, enorme, não causou grande mal. Continuou seu dia de Natal, festivamente. Em outra ocasião, fiz outra loucura, como jovem incauto e despreparado que era. Junto de um colega do Banco Mercantil, resolvemos ver quem aguentava caminhar da Rua Riachuelo até a Av. Ipiranga, certamente uns seis quilômetros, ingerindo em cada bar do trajeto um cálice de pinga.

Quando chegamos à Ipiranga, consegui chegar até o canteiro central, próximo à av. São João, que viria a ser poetizada na Sampa de Caetano. Ali arriei no chão, permanecendo sobre a grama um tempão, até recobrar o equilíbrio e poder caminhar para casa. Eu não tinha, absolutamente, o hábito de beber. Só estudava e trabalhava. Esses dois acontecimentos afastaram-me mais ainda da bebida. Hoje, raramente tomo um aperitivo, pois há muito tempo compreendi que a bebida alcoólica, ainda que lícita, pode levar a vício gravíssimo, destruindo pessoas e famílias.

O cigarro, por sua vez, também liberado para adultos, é droga extremamente insidiosa e destruidora. Infelicita, destrói pessoas e lares, mata, dá enorme prejuízo aos cofres públicos que custeiam hospitais, médicos e funerais decorrentes do vício. Os impostos arrecadados com o cigarro cobrem apenas um terço dos custos do Estado com o resultado do vício.

Anos atrás, viajei com um dos meus filhos para buscar a Hylux que ele havia adquirido em Uberaba. Chegamos lá antes das seis da manhã, com o dia clareando. Observei, num bar da rodoviária onde fomos tomar o cafezinho matinal, pelo menos três pessoas que pediam copo de pinga ao balconista. Este até desaconselhou, mas os clientes insistiram. É vício insidioso e destruidor. Em contrapartida, passamos perto do local onde Chico Xavier atendia caridosamente todos que o procuravam. Veio-me à mente o depoimento de dentista de Brasília, filho daquela cidade. Ele relata que num certo dia em que Chico atendia a imensa fila de pessoas que o procuravam, um deles rico como Gugu Liberato, por exemplo, emocionado com o atendimento, tirou o relógio do pulso e o presenteou a Chico.

— Obrigado — o médium disse com simpatia e colocou o relógio sobre um humilde criado-mudo que estava ao lado da cadeira onde atendia. Meu amigo observou que se tratava de um *Rolex*, de ouro puro. Três ou quatro consulentes passaram por atendimento, até que o próximo não tinha relógio. Chico lhe disse com simplicidade:

— Vejo que você não tem relógio. Leve pra você este "relojin".

"Isso, sim, é ser importante", pensei.

Atualmente, a rodovia que passa por Uberaba leva o nome de Chico Xavier. Merecidamente. Exemplo mundial de simplicidade, despojamento e bondade, tal qual seu xará, Francisco de Assis, que viveu há mais de oitocentos anos. São fachos de luz a iluminar a Humanidade e a apontar os caminhos do coração.

Sonho de liberdade

Depois de várias tentativas, meu irmão finalmente foi aprovado no concurso. O BB o designou para trabalhar na longínqua cidade de Jataí, interior de Goiás. Na viagem de ida, levou todas as reservas que possuía. Oitocentos cruzeiros. O dinheiro ia guardado em sua maleta de viagem, no porta-malas acima de sua poltrona. Numa das paradas, saiu para o cafezinho e, quando voltou, haviam roubado tudo. Já naquele tempo, por volta do ano de mil novecentos e sessenta e um, aconteciam esses transtornos. Contudo ele continuou sua missão. Depois de um ano de trabalho, veio de férias. E viajou de avião! Eu nem acreditava, pois meu sonho sempre fora voar.

— Como faço para entrar nesse emprego, mano? —perguntei. — E conseguir "andar de avião", como você?

Ele trouxe uma montanha de livros, quase um metro de altura, empilhados. Era do Curso Júlio Cunha, especializado naquele concurso.

— É comigo mesmo! — falei. Nem havia concurso previsto, mas comecei a estudar com muito afinco. Nesse tempo eu trabalhava em expediente integral no Banco Finasa. Eles davam uma pequena comissão para o exercício do cargo e livravam- se de pagar horas extras, as quais teriam valor bem maior. Então, após trabalhar o dia inteiro, eu ia direto para o Ginásio. Jantava em casa por volta de meia noite e começava a estudar. Debruçado nos livros muitas vezes até as três da madrugada, tinha de levantar às seis horas para recomeçar a luta.

Queria muito alcançar a vitória, mas, evidentemente, esse ritmo exagerado quase me custou a saúde. A essa altura, nós tínhamos trazido do interior nosso outro irmão, que ainda morava com a avó materna. Ela também veio, e alugamos outro *moquifo* na Ponte Pequena, onde fomos morar. Mais uma vez, quarto separado da cozinha, dois banheiros para oito famílias. Um grande quintal separava as "casas". Numa delas morava seu Ambrósio, um português, que estava muito doente. Sua esposa, dona Cleusa, cuidava dele com dedicação extrema, o que não evitou que ele morresse.

O quintal era muito escuro. Depois da morte de seu Ambrósio, quando eu chegava do ginásio, mais de onze da noite, comecei a ver uma luz dentro do quarto dele, que a essa altura estava vazio. Que medo! Por muitas noites, sofri verdadeiro tormento ao adentrar o quintal. Mas isso também passou. Na época de chuvas, o rio Tamanduateí, bastante poluído, transbordava. A água chegava ao nosso quintal, inundando-o. Vovó era uma espanhola de Murcia, pessoa muito boa e calma. Era baixinha e, na enchente, não conseguia atravessar o quintal. Eu e meu irmão fazíamos "cadeirinha" para atravessá-la.

Muitas vezes eu tinha de levar os sapatos e as meias nas mãos, andar por dentro da água um bom trecho, para depois calçá-los, já perto do Convento da Luz, onde viria a terminar seus dias o lendário cardeal Dom Evaristo Arns. Comentava-se que o líder religioso havia aberto mão de morar numa mansão da Avenida Paulista, sede do bispado da capital, para residir naquele local modesto. Por essa época, meu grande amigo era um jovem mineiro de Carmo da Mata, Sóstenes. Assim como eu, ele viera com a família para a capital paulista em busca de emprego. A amizade perduraria para sempre.

No sábado à tarde, íamos praticar remo no rio Tietê, nas dependências do Corinthians. Esse curso d'água ainda era limpo. Atualmente é muito poluído, e a Prefeitura não consegue resolver esse problema, por mais que tente. Em outros sábados, íamos ao Cine Rialto, que exibia dois filmes. Era pura festa. Sempre fui fã de música e cinema.

Depois que comecei a estudar com afinco para o concurso do BB, eu não saía mais para me divertir. Meu amigo me chamava para sairmos, quem sabe encontrar namoradas, mas eu me recusava. Só depois de aprovado no concurso, dizia a ele.

Feliz e em paz

Houve um longo período, talvez uns quatro anos, de muita paz para mim. Vivia feliz, aguardava a chegada de novembro, quando começava o espírito de Natal, com mensagens e músicas alusivas ao nascimento do Menino Deus. Com o aumento de salário no Finasa, consegui dar-me ao luxo de comprar uma eletrola, usada, onde ouvia, enlevado, músicas instrumentais, como as de Bert Kaempfert, Billy Waghn e outros. "How deep is the ocean" fazia-me navegar na imaginação. Consegui também comprar um radinho a pilhas, dos primeiros que saíram.

À noite, depois das onze, quando me deitava quando não estava estudando, eu permanecia por longo tempo ouvindo o "buquê de melodias", na Rádio Tupi. Somente músicas orquestradas. À meia-noite em ponto começava "o fantasma do outro mundo", na mesma emissora. Que medo! Coisa de jovens. O despertar sexual se intensificou e, às vezes, eu frequentava a "boca do lixo", região paulistana da Santa Ifigênia. Durante o dia, era o local onde havia centenas de lojas de eletrônicos, como ocorre até hoje.

Mas, à noite, com o comércio fechado, era a vez das mariposas, mulheres que vendiam sexo para os menos abonados da Capital. Mais acima, depois da Praça da República, localizava-se a "boca do luxo", com mulheres mais refinadas. Lá se localizavam muitas boates. Mas nada disso era para "meu bico". Na Av. Rio Branco, havia o *Avenida Danças*, local onde se tiravam moças para dançar, porém sob pagamento. Por minuto. Por esse tempo, eu já tinha adquirido forte caráter humanitário. Ver as pessoas com compaixão, considerar e perdoar.

Ajudava mensalmente meu pai e família, que permaneciam no interior do estado. Todos os meses lhes remetia uma modesta soma em dinheiro. Até que, bem depois, propiciei a vinda deles para a Capital, em busca de vida melhor. O mesmo fiz com muitos parentes do interior, que sofriam com a falta de emprego ou com subempregos. Essa visão humana levava-me, também, a ver as pessoas, inclusive, claro, as chamadas pejorativamente "mulheres da vida", de forma humanizada, como seres humanos igualmente filhas de Deus.

Por isso me liguei a uma delas, a Paraguaia, de Marília. Fiquei interessado nela a ponto de ter tentado tirá-la daquela atividade, procurando emprego para ela na Capital. Não consegui, mas continuava a visitá-la quando ia àquela cidade, chegando ao ponto de ir à casa dela antes de visitar meus parentes. O encanto acabou quando certa vez cheguei lá sem dinheiro. Pensei que ela se entregaria por consideração. Mas ela negou, educadamente. Ponto final no interesse.

Fato semelhante aconteceu no Taquaral, em Campinas, aonde íamos também em busca de contato com as mulheres "da vida". Lá eu conheci Nádia, linda, linda. Era novíssima no local, acabara de chegar e dizia que tinha se entregue à prostituição porque fora abandonada e traída por seu chefe, homem casado e proprietário da empresa onde ela trabalhara. Fui procurá-la anos depois, já em outro local, perto de Viracopos. Estava transformada, feia, envelhecida, pouco atraente. Prova de que a chamada "vida fácil" não é nada fácil.

Quando saiu o edital do concurso para ingresso no BB, meus estudos se intensificaram. Entrei naquele regime de trabalho e estudo exagerado que já relatei. Mas fui aprovado com nota muito alta, trigésima sétima colocação dentre onze mil e setecentos classificados. Feliz e realizado, fui designado para trabalhar na dependência mais próxima de minha casa, agência Luz, perto da estação ferroviária do mesmo nome.

As dores da paixão

Algum tempo antes me haviam apresentado Jade, sobrinha de tio Ulisses, casado com uma de minhas tias. Era linda. Eu a vi pela primeira vez em Guarulhos, onde parentes meus e dela residiam. Viemos juntos até a Capital. Era linda demais. Foi amor à primeira vista de minha parte. Ela soletrou seu nome, deu-me o número de telefone e nos despedimos. Nessa época ela vivia interna num colégio de freiras, na Alameda Jaú, paralela da Avenida Paulista. As irmãs somente permitiram que eu a visse aos sábados, desde que ficássemos conversando na varanda.

Assim fazíamos. Entretanto ela não correspondeu ao meu amor. Soube depois que fora apaixonada por outro rapaz, a quem havia entregado a virgindade. Por isso o internamento no colégio religioso. Eu não sabia disso e mergulhei de cabeça naquele amor. A cada olhar de indiferença dela, meu coração doía. Finalmente, decidi terminar o namoro. Meses depois ela me telefonou e voltamos. Porém ela permanecia emocionalmente distante, raramente me deixava pegar em suas mãos. Beijar, nem pensar. Eu dava o desconto devido aos hábitos reservados da época, por vezes bem hipócritas, como vim a perceber mais tarde.

Eu insistia e ela não condescendia. A Psicologia explica que os rejeitados "rejeitam antes de serem rejeitados". Por isso eu era tão sensível e exigente. Talvez tenha sido o motivo de o namoro não ter sido bem-sucedido, ou, talvez, ela não gostasse mesmo de mim, o que eu não podia admitir. Doía demais. Sonhava acordado com ela, muito apaixonado. Antevia em Jade a eterna felicidade com que sonhara. Ela povoava meus sonhos e minha mente também, enquanto acordado. Era muito bonita, corpo lindo, e ao amor se juntava o forte desejo sexual, ingredientes para a paixão.

Por essa época assisti no cinema a um filme romântico onde havia um personagem mais maduro, arrojado, e outro um tanto tímido, Antony Perkins, tão apaixonado quanto eu. Na trilha sonora, a Sinfonia n. 3 de Brahms acompanhava o rapaz mais recatado. Ela comparou-me a ele. Certa vez a convidei para ir à praia de Santos. Poderia levar sua mãe e irmã, como era de praxe na época. Às quatro da madrugada, eu estava num táxi estacionado à porta do Internado da Alameda Jaú, aguardando minha amada. Ela demorou um pouco e prestei atenção no rádio do carro.

Tocava "Manhã de carnaval", na voz de Agostinho dos Santos. Música bela e inesquecível, ouvida até nos dias atuais. O piquenique ao litoral aconteceu sem maiores novidades, a não ser que quando eu olhava para ela meu coração se aquecia de tanta paixão. Chegava o momento de minha formatura no Ginásio e resolvi convidá-la para madrinha, como era o costume na época. Aceitou. A festa de formatura foi na Casa de Portugal, clube elegante localizado na av. Liberdade.

Mais uma vez, fui de táxi buscá-la à porta do Colégio. Ela estava mais linda que nunca, vestido branco e rodado, feito especialmente para a época. Cheguei duas horas antes do baile, de propósito para estar mais tempo com ela. Quando sentamos no banco de trás do táxi, solicitei ao motorista que girasse pela noite paulistana, por onde ele quisesse. Somente queria estar com ela. Entretanto ela foi logo avisando que não permitiria sequer que eu pegasse em sua mão. Foi mais uma punhalada nas minhas emoções. Percebi que o romance unilateral chegara mais uma vez ao fim. Na festa, muito bonita, havia convidados meus: minha avó materna, duas primas e meu amigo Jáder.

Dancei bastante com Jade, mas as fotos de formatura mostraram e mostram até hoje, porque ainda tenho algumas, profunda tristeza, denotando a realidade de que chegávamos ao fim do namoro. Assim aconteceu. Quando a levei de volta, disse-lhe que o namoro chegara ao fim, definitivamente. O coração saltava no peito, mas tinha de ser. Era melhor, naquele caso, um fim horroroso do que um horror sem fim. Voltei para casa acabado. No que restava da noite, permaneci insone.

Deitado, estraçalhado de dor emocional, ainda não tinha dormido quando ouvi o barulho dos primeiros bondes passando ao longe, na Rua São Caetano. Com esse drama, começava o capítulo mais dolorido da minha vida. Pensava em Jade dia e noite, não conseguia mais comer nem dormir. Só tomava café. Emagrecia rapidamente, perdi onze quilos em três meses. Cheguei ao ponto de certo dia, quando me dirigia a pé para o trabalho, lembrar-me dela mais intensamente, agora visualizando mentalmente a blusa branca com riscas azuis que ela vestira em um de nossos encontros; e sentir náuseas, o estômago acusando a dor. Parei, quase desmaiei, respirei fundo e segui em frente.

Entretanto continuava trabalhando. Não podia reclamar nem pedir ajuda a ninguém. Tentei falar com minha tia sobre o drama, mas ela respondeu que não devia interferir em briga de namorados, porque depois eles voltariam a namorar e ela é que ficaria mal. Meu chefe no Banco, Senhor Jacinto, agiu quase como um pai. Percebendo minha dor, certo dia me chamou de lado e falou:

— Meu filho, você está sofrendo, mas tudo passa.

Senti um pouco de conforto, porém a dor resultante do abandono era muita. Eu estava quase morrendo. Alguém me indicou psicoterapia. Comecei, mas não resolvia. A dor era profunda demais. Demorei a entender que em Jade, inconscientemente, eu pensava ter reencontrado a mãe que julgava ter me abandonado.

E esta me abandonou também. Situações que a ciência da mente explica. Eu não suportava mais o término de namoro. Entrei em desespero. Muitos mencionam a palavra *desespero*, mas não tem ideia real do que seja. Eu sei. É um estado mental em que parece que não se vai conseguir chegar ao minuto seguinte, com a sensação de que se vai morrer. Eu desejava morrer. Hoje as ciências psicológicas avançaram e descobriu-se que o suicida, na realidade, não quer morrer. Ao contrário, ele tem muito apego à vida. O que ele quer matar, em realidade, é o problema que o está devastando.

A fé não costuma faiá (Gil)

Sempre tive fé em Deus. Frequentava missas dominicais na Catedral da Sé. Mas não suportava mais continuar vivendo. Certa noite peguei uma faca, dessas de cortar pão, o que mostrava que eu não queria, de fato, pôr fim à minha vida. Mas fiquei olhando longamente para a lâmina, sentado na soleira do portão. Meu irmão Arnaldo vinha chegando do Ginásio. Abri um pouco o coração para ele. É mais novo que eu, mas deu-me um conselho que jamais esquecerei. Eu sentado e ele em pé, disse:

— Temos de olhar a vida de cima para baixo e não de baixo para cima. — Senti algum alento. Porém o sofrimento persistia.

Mas parece que o Criador sempre aponta uma saída para quem tem fé. Comentando minha agonia com um amigo, o que eu raramente fazia, ele disse que tinha encontrado um movimento religioso, o qual o havia ajudado muito. Que resolvia todos os problemas. Sugeriu-me que procurasse, no bairro da Liberdade, a casa das Irmãs de Schoestatt, que por aquele longínquo ano de 1964 chegavam a São Paulo.

O líder mundial era o sacerdote alemão Padre José Kentenish, que havia fundado esse movimento mariano na cidade de Schoestatt, próximo a Koblens, na Alemanha. Passei a frequentar as reuniões, assiduamente, sempre aos sábados. Encontrei alento. Hoje essa corrente religiosa é conhecida por Mãe Peregrina, e a respectiva imagem visita milhares de casas, no Brasil e no Mundo. Não relatei às Irmãs minha dor moral. Mas o alívio foi se instalando. Comecei a frequentar o Curso Técnico de Contabilidade.

É verdade, a vida não para, como viria a afirmar Cazuza. Mas, por vezes, deixa um rastro de dor. Meu destino seguia, com muito trabalho e estudo. Outra namorada foi minha madrinha de formatura da Contabilidade.

Era filha de comerciante abastado, cerealista da Rua Paula Souza. No dia da formatura, ela muito bem vestida, foi acompanhada da mãe. Festa, danças, comemorações. Porém, na volta para casa, no banco de trás do taxi, onde também viajava a mãe, ela segurou meu braço e começou a apertar com enorme força, quase sobre-humana. Seus olhos reviravam. Fiquei muito assustado. A mãe disse que era uma doença que seria curada com o casamento, segundo os médicos. Foi nosso último encontro.

A agência do BB onde eu trabalhava facultou horas extras para os funcionários. Sedento por fazer alguma reserva financeira, passei a trabalhar doze horas por dia. O horário normal de serviço do bancário é seis horas até hoje, por ser considerado trabalho insalubre. Sempre fiz enorme esforço para vencer na vida. Iniciava-se o ano de 1964. João Goulart havia assumido o governo federal no lugar do renunciante e não muito equilibrado Jânio Quadros. Este havia ganhado as eleições por ser demagogo, populista, enganador.

Tomava pinga na calçada de ruas do Ipiranga, sentado na guia, com os operários. Na eleição ele concorrera com o Marechal Henrique Teixeira Lotti, em quem votei, mas que obteve apenas cinco por cento dos sufrágios. Goulart era ligado aos sindicatos, e muitos pendiam para a política de esquerda, empolgados com a tomada de poder por Fidel Castro, em Cuba, que, por sua vez era apoiado pelo comunismo russo. Iniciava-se forte expansão das políticas de esquerda na América Latina. O governo norte-americano inquietava-se.

Então, em seu plano quinquenal para essa região, decidiu que todos os países sul-americanos deveriam ter governo militar. Mandaram assessores a fim de instruir militares locais e preparar golpes que colocassem as Forças Armadas no poder, o que veio a acontecer gradativamente em toda a região. Soube-se depois que para o Brasil eles haviam enviado mais de seiscentos assessores com essa finalidade. Os movimentos de esquerda continuavam e intensificavam-se. Goulart agendara comparecer a um comício que se realizaria no Rio de Janeiro, a trinta e um de março daquele ano.

Certo dia, quando cheguei para meu expediente na Agência Luz do BB, às 13 horas, um colega perguntou-me se eu queria ir ao Rio de Janeiro, de graça, para o comício. Conhecer a cidade maravilhosa era o sonho de todos. Perguntei como fazer para conseguir esse prêmio. Ele recomendou-me que subisse ao terceiro andar para me inscrever. Subi as escadas quase correndo. Quando cheguei lá, dois colegas já tinham reservado as vagas. Sorte minha! Instalada o regime militar em abril daquele ano, os dois foram transferidos para "o fim do mundo".

Um deles, para Cruz das Almas, na Bahia; o outro, para uma cidade da fronteira Brasil-Argentina, onde se casou com uma jovem daquele país. No dia em que ocorreu o golpe militar, subi a pé, como sempre fazia, desde minha casa na Ponte Pequena até a agência onde trabalhava, no bairro da Luz. Sem saber o que acontecia, percebi que os vários quartéis de polícia militar e civil existentes na Av. Tiradentes estavam cercados por cordas.

Ninguém podia transitar pelas respectivas calçadas. Começava o rigoroso regime militar, com o marechal Castelo Branco na presidência da República. Mas eu ainda me encontrava imerso nas lembranças de Jade. Preocupações que, a essa altura, miscigenavam-se com tribulações posteriores. Isso fez com que eu sequer cogitasse em aderir aos movimentos estudantis, que protestavam com alarde. Logo viria o Congresso da UNE, em Ibiúna, com enorme número de estudantes presos, muitos deles espancados.

A repressão começava com violência. Nessa época eu já havia conseguido algumas reservas financeiras e, associado aos dois irmãos, conseguimos comprar uma casa modesta em Americanópolis, divisa de São Paulo com Diadema. Pelo menos era térrea e tinha quintal grande. Eu tomava um ônibus que atravessava toda a cidade de São Paulo, o Santana-Jabaquara. Horas de percurso, além do expediente dilatado que fazia no trabalho. Mas nunca poupei esforço.

A esse tempo, depois de tanto sofrimento, minha personalidade mudara acentuadamente. Mais humilde, compressivo, espiritualizado e compassivo. Propiciei a vinda de meu tio Jaime, marceneiro, para a Capital, com sua família. Em São Paulo, sua profissão era muito valorizada. Ele era ótimo profissional. Progrediu rapidamente e não demorou muito a adquirir casa própria, em Guarulhos. O casal tinha seis filhos, três homens e três mulheres. Todos fortes e disciplinados. Quando atingiram idade para trabalhar, mostraram-se tão esforçados quanto seus pais. São assim até hoje.

Também incentivei a vinda de meu pai, sua esposa e os filhos do casal para morar na Capital. Uma das filhas deles, minha irmã Sara, já morava conosco. Nesses tempos a vida continuava tranquila e alegre, sempre com muito trabalho, como de costume. Fatos engraçados também aconteciam. Quando comprei um carro Opel, lindo, carroceria verde com capota branca, mal percebi que tinha um defeito grave. Pela manhã, o motor não pegava.

Eu chamava minha irmã e quem mais estivesse em casa para ajudar a empurrar o belo veículo. Um na direção, outros empurrando. Não havia garagem coberta e o veículo pernoitava sobre o quintal de grama. O sereno da noite deixava o capim liso, e era comum um de nós estatelar-se no chão. Todo dia era assim, e ríamos a valer. Coloquei o carro à venda. O colega Mendes, do Banco, mostrou interesse pelo veículo. Avisei que não pegava. Comprou assim mesmo. Uma semana depois, veio reclamar que o carro não pegava.

Olhamos um para o outro e começamos a rir, um riso longo e gostoso, que chamou a atenção de todos. Explicamos do que se tratava e rimos juntos. Depois disso comprei um *fusca*. Era mais moderno e mais caro. Meu irmão Arnaldo associou-se na aquisição. Combinamos que cada um usaria o carrão durante uma semana, ao fim da qual o entregaria ao outro, limpo e com o tanque cheio. Ele havia tirado carteira de motorista havia pouco tempo. Ficava tenso no trânsito.

Dirigia pela Avenida Paulista, hoje cartão postal de S. Paulo. Ocupávamos o mesmo dormitório, onde havia três camas de solteiro e um guarda-roupa daqueles antigos, portas de abrir e fechar. Certa madrugada acordei assustado devido à enorme barulheira de portas batendo. Acendi a luz, prestei atenção e vi meu irmão sentado no chão de tacos de madeira, em frente a uma das portas, segurando uma direção imaginária e brecando desesperadamente o guarda-roupa, quer dizer, o carro, no sonho dele. Acordei o mano e rimos muito. Até hoje, muitas décadas depois, nos divertimos ao recordar essa aventura.

Ainda desse tempo de finanças difíceis, vem a lembrança de minha cama. *De tão boa que era*, muitas vezes deixava desprender o estrado. Às vezes, de madrugada, eu ia para o chão, com madeira, colchão, cobertor, travesseiro e tudo. O barulho era enorme. Igualmente acordávamos e começávamos a rir. Era dramático e divertido. Foi dessa época também outro acontecimento marcante. Num domingo, em que acordava mais tarde, ainda deitado ouvi barulho na cozinha.

Reconheci as vozes de minha avó e da madrasta que nos visitava. Criticavam-me, alegando que eu estava dando pouco dinheiro para a casa. E tinham suas razões, pois eu era muito comedido nos gastos. Ainda assim, acordei furioso, dirigi-me à cozinha e falei, com voz alterada:

— Vocês me expulsaram de casa quando eu era criança. Agora não vão fazer isso. Esta casa é minha, tenho escritura. Quem estiver incomodado que se mude. — E voltei a deitar-me.

Tia Amélia foi embora imediatamente, e nossa casa mergulhou numa tristeza sem fim. Vovó deitou-se em sua cama e não levantava. Janela fechada, em silêncio, não se comunicava com ninguém. Essa situação já durava três dias quando comecei a ficar condoído com aquele sofrimento. Vovó já tinha idade um tanto avançada. "O que fazer?", pensei. Mas a volta do bem-estar dela e da casa era mais importante do que o fato de eu ter ou não razão. Tomei a decisão, sentei-me ao lado de sua cama e falei:

— Vovó, perdão. Eu estava errado em falar daquele jeito. Estava nervoso com a proximidade do exame na USP. — A reação foi inacreditável. Ela sorriu calmamente, abriu a janela de seu quarto, abriu janelas e portas de toda a casa, que voltou a ficar iluminada. O perdão tinha entrado em nosso lar. E a paz estava de volta.

Desde nossa varanda, enxergávamos a Mata do estado, uma reserva ecológica que existe até hoje, situada às margens da atual Rodovia dos Imigrantes, excelente via que conduz ao litoral. O clima da região era bom, exatamente devido àquela vegetação. Foi nessa mata cerrada que aconteceu, muitos anos depois, um dos maiores crimes que São Paulo já havia registrado.

O chamado *carrasco do parque* levava suas vítimas para dentro da reserva e terminava por matá-las. Tratava-se de *serial killer*. Lembro-me especialmente dessa tragédia porque, quando o assassino foi preso e todos os canais de televisão filmavam a triste cena, a mãe dele colocou o próprio rosto em frente a uma das câmaras de TV e afirmou com segurança e emoção:

— Ele é meu filho! E é um moço bom.

"Onde estava o pai?", pensei. Não apareceu.

Benditas são as mães, que jamais renegam seus filhos. Mulheres são como botões de rosa que, com a maternidade, desabrocham para a plenitude da vida e da beleza. Depois de algum tempo, começamos a ver, desde nosso quintal, em direção ao Jabaquara, máquinas enormes chegando. Tratores, escavadeiras, caminhões, tudo novo em folha. Parecia que nem estávamos no Brasil. Tratava-se dos veículos trazidos para a construção do pátio do metrô, cujas obras se iniciavam. Tinha mesmo a ver com o exterior, pois era obra de grande porte, a primeira linha do metrô paulistano, Santana-Jabaquara, financiada por estrangeiros. Fui assistir à primeira pazada de terra, que inaugurava uma enorme escavadeira e iniciava a perfuração dos túneis. Em pé, o grande prefeito Faria Lima segurava a direção e acionou o veículo. De tão potente que era o motor, o mandatário caiu sentado no banco do motorista. Cena estranha, que provocou risos.

Nos finais de semana, reuníamos todos os primos residentes na capital, mais as irmãs, e saíamos cantando alegremente, pelas ruas escuras e desertas, braços dados. Éramos felizes e não sabíamos. Certo dia, pela manhã, quando tirava meu carro da garagem, que ficava longe do portão de saída, ao chegar à rua não reparei que vinha outro veículo. Brequei em tempo, mas a motorista, uma vizinha da mesma rua, olhou para mim e, furiosa, gritou:

— Filho da puta! — Parei o carro, coincidentemente, janela com janela. Cara a cara. Ela me olhou, meio apavorada. Eu apenas disse:

— Que boca, hein! — E fui para o trabalho. Nunca mais vi essa senhora. Deve ter ficado envergonhada. É necessário pensar antes de falar, e não falar antes de pensar.

Amores que chegam, amores que partem

A impressão que guardava das namoradas, a qual estendia para todas as mulheres, não era boa. Eu as julgava indiferentes ao amor dos homens, algumas até perversas e perigosas. Não me parecia que merecessem confiança. Minhas experiências com garotas haviam sido muito sofridas. Entretanto naquele bairro havia muitas jovens bonitas. Algumas se interessaram por mim. Almejavam também um bom casamento e eu tinha emprego invejável. Até que conheci Akiko, uma nissei muito bonita. Parecia atriz japonesa.

Começamos a namorar e nos aprofundamos no conhecimento um do outro. Certo dia convidei-a para ir a Eldorado, periferia da capital, onde se localiza a represa Billings, que abastece a cidade. Sentados sobre a grama, nos beijávamos, eu tentava tocar seus seios. Porém, como de hábito na época, ela não permitia. Instantes antes ela havia, timidamente, sugerido compromisso mais sério entre nós. Desconversei, pois nem imaginava casamento. Deitado, fechei um pouco os olhos para repousar.

Quando os abri, Akiko tinha desaparecido. A noite já ia caindo. Chamei por ela sem obter resposta. Fui caminhando até a represa, mas no percurso um pensamento me atingiu como raio: teria ela se suicidado, como se ouvia falar de japoneses na pátria de seus ancestrais? Perguntei por ela às poucas pessoas que encontrei pelo trajeto. Ninguém a havia visto. A apreensão aumentou. O peito arfava. Resolvi tomar o ônibus de volta, sozinho e extremamente angustiado. Chegando à minha casa, estava lá um colega de escritório de contabilidade, o qual eu havia apresentado à minha irmã mais velha.

Era meu amigo, e por isso lhe falei da enorme preocupação que me inquietava. Pedi que fosse comigo à casa da Akiko. Eu não poderia ir lá sozinho porque seus pais jamais admitiriam namoro e casamento de uma de suas filhas com jovem que não fosse nipônico ou descendente. Caminhamos juntos até a rua onde ela morava. Esperei do outro lado da via e ele foi tocar a campainha. Não demorou, lá vinham os dois ao meu encontro. Perguntei, aliviadíssimo, por que ela tinha feito aquilo. A resposta me impactou profundamente:

—Porque eu te amo!

Fiquei emocionado e chocado com a resposta, e esse fato representou um marco fundamental em minha vida. Passei a ver as mulheres como seres humanos queridos, merecedores de todo carinho e respeito. Namorei várias outras garotas da região. Até que, certa vez em que viajava de ônibus, da cidade para o bairro, sentei-me ao lado de uma loirinha bem bonita. Entabulamos conversa. Tratava-se da Cleide, que vinha do curso de inglês Fisk, localizado na Praça Clóvis Beviláqua. Conversamos animadamente durante todo o trajeto. Ela morava na mesma rua que eu, e nunca nos havíamos visto.

O interesse foi recíproco e imediato, e não demorou estávamos na esquina de minha casa, à noite e sob a luz mortiça das lâmpadas daquela época, nos beijando muito, agarradinhos. Ela gostava de beijar e eu também. Começamos a namorar. Foi meu segundo amor verdadeiro. Ela apreciava a Natureza, pela qual sempre me interessei. O namoro continuou e fui me apaixonando. Mas, sempre inseguro, comecei a sentir ciúmes, a ponto de certa noite, esperar ao longe, na Praça Clóvis, sua saída do curso e acompanhá-la com o olhar até que subisse para no ônibus.

Eu queria certificar-me de que não me estava traindo. Saiu acompanhada de um rapaz. Meu coração se alterou. Entrou no ônibus e sentaram-se no mesmo banco. Entrei no mesmo coletivo e sentei-me na parte de trás, observando atentamente os dois. Meros amigos. Não se tocaram, e, quando seu colega despediu-se, na altura de Vila Mariana, sentei-me no lugar em que ele estivera, com a maior cara de pau, como se nada houvesse acontecido. Despertava de novo a paixão. Entretanto eu não esquecera Jade. Pelo contrário, sua lembrança fazia parte da minha vida.

Talvez por isso, numa tentativa de recomeçar o namoro, uma vez que já que me sentia mais amadurecido, mais seguro, e considerando que Jade mandara, por via de parentes, acenos para voltarmos a namorar, resolvi programar uma festa para o dia do meu aniversário. Convidei alguns amigos e todas as garotas bonitas que conhecia no bairro. Mas o motivo principal da festa era convidar Jade. De fato, fui à casa onde ela morava, em Moema, e deixei o convite com sua mãe.

Claro que Cleide, minha namorada, também foi convidada. Porque eu tinha planos. Depois de alguns aperitivos e muito dançar com outras garotas, vendo Jade sentada no sofá, resolvi tirar Cleide para dançar, no intuito de despertar ciúmes em Jade. E assim dancei longamente com minha namorada do bairro. Rodopiávamos pela sala, eu animado na certeza de que reconquistaria meu grande amor. Terminada a festa, lá pela meia-noite, Jade pediu-me que a levasse até o ponto do ônibus. No caminho disse-me, com calma, mas decidida, que não queria dividir o namorado com ninguém.

Foi a última vez que a vi. Voltei para a festa, mas as pessoas foram se retirando e me vi sozinho. Minha avó e meu irmão haviam ido dormir. Deitei no sofá da sala, com a alma dilacerada. A paixão retornava forte. Fui à cozinha e tomei uma dose de Vodca. Voltei, mas a tristeza e o choque da nova situação, com o evidente fracasso da última tentativa de recomeçar o namoro, fez com que ingerisse mais algumas doses daquela bebida forte. Voltei a deitar-me no sofá, mas já agora chorando e soluçando muito.

Fui de novo pegar bebida na cozinha. Meu irmão Lucas tinha se levantado e tentou impedir. Nervoso e bravo, bati a mão sobre a pia, onde havia uma forma de gelo vazia. O corte sangrava e minha agonia continuava. De novo no sofá, o choro recomeçou, tornando-se incontrolável e com gemidos altos. Algum tempo depois, minha avó se levantou e veio falar comigo. Disse que temia que eu perdesse o juízo naquela agonia. Não adiantou, continuei chorando, gemidos alternados com gritos de desespero. Só pelas quatro da manhã minhas as forças se esvaíram e adormeci. No outro dia, acordei muito envergonhado, mas eles tiveram a nobreza de nada comentar.

De novo o amor

A vida continuava. A solução era seguir namorando Cleide. E o romance avançou. No final de semana, íamos ao Cine Estrela, na Praça da Árvore. Sentávamos na última fileira, junto à enorme parede de madeira. Filme? Que filme? Nada víamos do filme. Beijávamo-nos duas horas seguidas. O apego aumentava. Seu calor, sorrisos e palavras carinhosas cativavam-me cada vez mais. Porém minha falta de autoconfiança e imaturidade emocional trazia à tona, uma vez mais, os ciúmes que incomodavam.

Eu passava a exigir muito, porém o namoro continuava ainda assim. Agora já nos encontrávamos em sua casa, na varanda, onde conversávamos longamente. Não percebíamos o tempo passar, sinal de amor. Até que certa vez ela me avisou que no final da semana seguinte não nos encontraríamos. Sairia com sua antiga turma, pois havia programado um piquenique. Assim entendi, mas em ocasião bem posterior ela esclareceu que não se tratava de amigos e amigas, mas sim de passear com seus pais. Tenho alguma deficiência auditiva hoje, quem sabe já sofresse desse mal, ainda que levemente, naquele tempo.

Mas, de qualquer forma, fiquei furioso. Disse-lhe, com entonação machista, que se ela fosse àquele programa, o namoro acabaria. Ela não foi, e passava reiteradas vezes pela rua, em frente à minha casa, durante o fim de semana. Minha irmã dizia que Cleide estava apaixonada. Contudo eu quis mostrar-me difícil, "dar uma lição". Assim, não a procurei por algum tempo. Essa atitude foi fatal para o relacionamento. Algum tempo depois, ela procurou seu ex-namorado, reiniciaram o namoro e em pouco tempo marcaram casamento.

Fiquei muito enciumado e, sorrateiramente, aproximei-me da irmã dela, Selene, com quem simulei namoro, tentando conseguir a volta de Cleide. Nada. Ela continuava decidida. Por isso, o namoro com Selene continuou por algum tempo, mas meu amor era pela irmã dela. Pouco depois chegaria ao fim o namoro com a irmã. Cleide não demorou em casar-se com o rapaz e ainda mandou convite! Claro que não compareci. Soube depois que o casamento dela foi profundamente infeliz, pois o marido tinha traços de psicopatia.

Após muito sofrer no casamento, do qual nasceram dois filhos, mudaram-se para Araxá-MG, onde se iniciaram no comércio. Foram bem-sucedidos. Posteriormente, passaram a residir no Rio de Janeiro e, finalmente, fixaram moradia em Rio Preto, onde ele faleceu. Ela casou-se de novo, mas não teve melhor sorte. No comércio, fez sucesso e conseguiu reservas suficientes para tocar a vida, mesmo depois de se aposentar.

Os filhos, muito bonitos, eram seus companheiros de jornada. Foi relativamente feliz até que, estando em viagem no sul, recebeu a notícia chocante de que sua filha querida e belíssima tinha sofrido acidente de moto, em Rio Preto, e estava muito mal. Voltou, apressada, quase desesperada. Tarde demais. Nunca mais pôde ver sua menina com vida, nem depois da morte, pois não teve coragem de olhar para o corpo inerte. A filha partiu para a eternidade, tão jovem...

E com ela levou parte do coração da mãe, cujo sofrimento, sem fim, levou-a a procurar terapias alternativas, filosofia, psicologia, pintura e artes. Com o passar do tempo, aprofundando-se também na espiritualidade, encontrou alguma paz que lhe permite seguir vivendo. Dedica-se à pintura de quadros, trabalha com esculturas e... cuida de *chaninhos*. Acolheu vários gatinhos, alguns doentes, nas ruas.

Dedica-se a eles, restaura a saúde de cada um, e, afinal, são esses os amiguinhos que povoam sua casa. Vive sozinha, recebe a visita do filho e de uma linda neta. Sua irmã Selene também mora na mesma cidade. São amigas. A vida continuava com cada um rememorando seus amores, seus sofrimentos, suas lembranças... E Cleide aguardando o destino que a conduzirá, um dia, a rever sua filhinha, nos umbrais da eternidade.

Quanto à Jade, nunca mais eu soube dela. Certa vez fui convidado para o casamento de sua irmã, Ceci, em Guarulhos. Eu quase tremia ante a possibilidade de rever meu grande amor. Porém ela não foi à solenidade. Nem fiquei sabendo o porquê. Hoje, meio século depois, tenho consciência de que o casamento com ela não teria dado certo, devido a acontecimentos em sua vida de jovenzinha, que depois vim a descobrir. Contudo ela ainda vem, por vezes, à minha mente.

A situação que, nos momentos de intensa agonia, eu julgava que jamais viria a mudar, e que me levava à loucura por pensar nela dia e noite, foi se esvanecendo nas brumas do tempo. Entretanto algumas vezes sonho com ela e, quando acordo, percebo-me abraçado ao travesseiro. Voltando à consciência e dando-me conta de que aquela paixão ficou perdida no tempo, aceito o fato de que nunca desaparecerá de minhas lembranças, mesmo inconscientes. Algumas músicas também evocam a lembrança daquele primeiro grande amor. Uma delas, com Chico Cezar ao violão e Maria Bethânia em interpretação inspirada é esta:

Onde estará meu amor?

Como esta noite findará
E o Sol então rebrilhará
Estou pensando em você
Onde estará o meu amor?
Será que vela como eu?
Será que chama como eu?

Será que pergunta por mim?
Onde estará o meu amor?

Se a voz da noite responder
Onde estou eu, onde está você
Estamos cá dentro de nós, sós
Onde estará o meu amor?
Se a voz da noite silenciar
Raio de sol vai me levar
Raio de sol vai lhe trazer

Como esta noite findará
E o Sol então rebrilhará
Estou pensando em você
Será que vela como eu?
Será que chama como eu?
Será que pergunta por mim?

Tempos depois, consegui transferência para a Agência Jabaquara do BB. Amores iam, amores vinham. Por esse tempo, percebi que estava ficando sozinho, pois todos os amigos tinham-se casado. Foi então que resolvi ter chegado o momento de pensar em constituir família. Tinha muita ligação com Marília, onde viviam a maioria dos parentes. Concluí que lá encontraria moça, de boa origem, eis que todos conheciam todos. Namorei algumas jovens de lá, até que fui apresentando à Cristina, filha de um pequeno comerciante da cidade.

A família era altamente conceituada, e a filha, bonita. Iniciamos o namoro e dois anos depois estávamos unidos.

O casamento já dura cinquenta anos. Outra epopeia nesse meio século. Daria um novo livro. Três filhos formados em Universidades federais, todos com ótimos empregos. Eles nos premiaram com cinco lindos netos, os quais alegram nossas vidas e nos revitalizam.

Escrevi um livro em homenagem a eles, *O peregrino da esperança*, que se baseia na beleza das crianças, anjos que povoam o mundo. A imensa engrenagem da vida não para de girar. Alegrias, tristezas, sucessos e fracassos; enfrentamento do bem contra o mal, com o bem sempre vencendo, graças a Deus. E aguardando o fim do mundo, quer dizer, o fim do mundo mau e o advento do mundo de compreensão e amor.

O exercício do Direito

Depois de formar-me em Direito, eu trabalhava no Banco do Brasil no período da manhã e, à tarde, advogava em todas as áreas. Desejava compreender um pouco as peculiaridades de cada ramo das ciências jurídicas. Experiências nessa área marcaram-me para sempre, como aquela do momento em que examinei um processo em São Caetano do Sul. Tratava-se de furto (que é o roubo sem violência a pessoas). Um homem pobre e tiritando de frio, pois a região ali é fria por natureza devido à proximidade com a Serra do Mar, apoderou-se de uma japona.

Desse fato resultou longo processo, o que me levou a pensar na roubalheira de bilhões de reais na área política, sem que os ladrões do Erário paguem por isso ou devolvam o dinheiro desviado. Seria imperioso que todos eles respondessem a processo penal. Comprovada a culpa ou dolo, deveriam ser condenados, inclusive, a devolver o dinheiro que pertence ao povo e se destina legalmente a atender a necessidades básicas, especialmente as dos pobres.

Mas raramente isso acontece, uma vez que os políticos legislam, nessa hipótese, em causa própria. Também foi nesse sentido que antes me referi ao fim do mundo. Essa faceta perversa dos políticos se insere nesse mundo mau, injusto, que deve acabar. Esse é um dos fatores que provocam diferenças sociais gritantes e insustentáveis. Bilhões nas mãos de poucos, fome na vida de milhões e milhões de pessoas.

Realidade que obriga o Estado a gastar montanhas de dinheiro com policiamento, Judiciário, presídios, Forças Armadas etc. Se cada cidadão cumprisse o próprio dever, agindo com honestidade, compreensão e humanismo, quanto gasto seria evitado, quantos crimes seriam evitados! Quando eu atuava na AGU, os jornais publicaram notícia sobre um juiz de Tocantins. Ele havia absolvido um homem que furtara duas melancias. Liguei para o magistrado, parabenizando-o pela decisão acertada e humana.

O juiz afirmou, com modéstia, que havia cumprido seu dever, exatamente porque um mar de dinheiro era desviado por políticos, e a impunidade imperava. Num outro processo, esse de acidente de veículo, meu cliente alegava que um carro atingira o seu na parte traseira. Culpa presumida. Tratativas de solução amigável não obtiveram êxito. Entramos com a ação. No dia da audiência, constatamos tratar-se de um soldado da polícia militar.

O juiz sugeriu acordo, mas ele afirmou que tinha um filhinho pequeno que precisava de leite, e se pagasse valor alto o neném passaria fome. Ficamos comovidos. Porém, na nova tentativa de acordo, levada a efeito pelo magistrado, o depoente empolgou-se e disse que tinha ouvido falar que pagaria, se quisesse, um real por mês. O magistrado proferiu sentença duríssima, condenando-o a todas as verbas reclamadas, acrescidas de juros, correção monetária, tudo. Enquanto ele ouvia a sentença, foi afundando o corpo na cadeira, humilhado. Lembrei-me do filhinho dele e do leite que tinha de comprar.

Mas ele já saíra da sala. Mesmo assim, perguntei ao meu cliente se aceitaria a oferta inicial. Afirmei que de minha parte eu abriria mão dos honorários. Ele concordou. Acelerei os passos até o elevador onde o miliciano ainda aguardava. Falei-lhe da possibilidade do acordo. Ele, comovido, afirmou que não tinha mais jeito, pois estava condenado. Informei-lhe que poderíamos, sim, chegar a conciliação amigável, com encerramento do processo.

Fomos à sala dos advogados, redigimos o documento, ele entregou o respectivo cheque ao meu cliente. Solicitei que confirmassem por telefone a provisão de fundos junto ao Banco. Saímos todos felizes. Rememorei uma frase que se implantara em minha alma: Justiça e Caridade. Em outra ocasião, fui procurado por uma senhora cujo imóvel tinha sido retomado pelo Banco financiador. Havia sido comprado mediante financiamento pelo Sistema BNH, posteriormente suspenso pelo governo. O advogado contrário era muito fraco em direito e, com suas falhas processuais, estava prestes a levar sua cliente a prejuízo irreparável.

Arriscando-me a ser processado pela OAB, tomei as dores dela e sugeri que procurasse outro causídico. Antes disso, fui à Ordem dos Advogados e averiguei se o colega que a representava estava inscrito no Órgão. Resposta positiva. Ela quis que eu assumisse sua defesa e respondi que não era possível, pois configuraria duplo patrocínio. O processo continuou e a pobre família perdeu tudo. Ainda tentei um acordo para que ela e seu marido ficassem com o imóvel.

Meus argumentos não foram aceitos pelos vencedores da lide. Lamento até hoje. Mas ficou a lição de que aquele que entrega seus interesses, até mesmo sua liberdade, nas mãos de um advogado deve conhecer a honestidade e formação profissional dele. Outro caso marcante: numa tarde de sábado, quando se dirigia a um casamento, um amigo dentista trafegava pela Avenida 23 de maio, rumo centro da cidade, quando presenciou à sua frente um acidente. Um carro havia abalroado a traseira de uma moto. O motoqueiro jazia estendido na pista, bem no leito carroçável. Poderia ser esmagado por outro veículo.

Meu amigo parou seu Opala, sinalizando-o de modo a proteger o corpo do rapaz. A polícia foi chamada e não tardou a chegar. Com a consciência tranquila, ele seguiu para o casamento, feliz por ter cumprido o dever humanitário. Qual não foi sua surpresa quando, dois meses depois, recebeu intimação judicial para comparecer perante a Justiça e responder à ação que lhe estava sendo movida. Quando verificou o documento citatório, leu, com espanto e revolta, que estava sendo processado pelo rapaz cuja vida salvara.

Quando me procurou, perguntei se tinha testemunhas. Não tinha. O acusador tinha arrolado três. Nos autos constava apenas uma testemunha presencial. Durante a audiência, os três rapazes prestaram depoimentos. No momento do acidente, eles dirigiam suas motos proximamente à do acidentado, pois eram amigos. Prestaram depoimentos coesos, mas mentirosos. Nossa testemunha, um senhor um tanto rude, nem documento possuía para exibir ao Juiz.

Tudo indicava que perderíamos a causa. Meu cliente quase ficou doente diante da injustiça. Chegou a pensar em mudar-se de São Paulo. Não desisti. Sabia que esse tipo de acidente dá ensejo a processo criminal, além do procedimento cível. Fiz a busca no Fórum Criminal, e lá estava a prova das inverdades. Como ali não estivessem em jogo valores monetários aqueles depoentes haviam falado a verdade. Não incriminaram meu amigo. Requeri a requisição daqueles autos e a respectiva juntada ao processo cível.

Ainda assim sobreveio a condenação. Recorri ao Tribunal de Justiça, demonstrando as contradições nos depoimentos, e, finalmente, quatro anos depois de instaurado o processo obtivemos vitória. O autor desumano e mentiroso passava a ser réu, arcando com despesas e custas processuais. Meu cliente ficou muito aliviado e feliz com a vitória final. Nada cobrei de honorários. Então ele prometeu que trataria meus dentes, sem nada cobrar, até o fim da vida.

Porém não demorei muito a mudar-me de São Paulo, e lá ficou o tratamento. Mas meu pagamento real foi a alegria imensa de termos obtido vitória. O esforço foi grande e a divulgação do meu desempenho naquele caso viria abrir as portas para maior progresso na profissão. Fiz também uma defesa perante o Tribunal do Júri de Guarulhos. Era um caso onde o companheiro desferira um tiro que acertou em cheio o coração da mulher dele. Acreditei na tese da acidentalidade. O processo demorou sete anos, ao final dos quais conseguimos provar a ausência de dolo.

O réu foi apenado por crime culposo e o Tribunal decretou a extinção da pena por decurso do tempo. Outro caso dramático e chocante ficou gravado em minha memória. Uma senhora portuguesa, já com seus cinquenta anos de idade, transportava em seu fusca uma de suas filhas, moça belíssima, de olhos azuis. Tinha ido buscá-la na escola e trafegava pela Avenida Europa. Ao chegar ao cruzamento dessa via com a Rua Colômbia, olhou atentamente para o semáforo.

Constatando que estava verde, empreendeu a travessia. Mas, ao atingir o centro do cruzamento, seu carro foi atingido violentamente por um ônibus escolar, cujo motorista desrespeitara o sinal vermelho. A moça bateu com a cabeça nos para-brisas e um grande pedaço de vidro atingiu-lhe o pescoço. Morreu no local. A mãe quase enlouqueceu. Contudo o processo junto à delegacia a incluiu como ré, além, obviamente, do motorista causador do acidente. Quando a acompanhei perante a autoridade policial, esclarecendo as circunstâncias do acidente, ela chorava sem parar.

Delegado, escrivão e eu ficamos muito comovidos, e o inquérito, em relação a ela, foi arquivado. Continuou, evidentemente, contra o motorista do ônibus. Após longa instrução processual, chegou o dia de comparecermos ao Fórum Criminal da Praça da Sé. A mãe estava intimada também, como testemunha. Ao chegarmos ao local, quando viu o motorista réu, começou a chorar copiosamente. A dor era muito forte.

A lição que ficou para mim desse acontecimento trágico é de que, além de olharmos para o semáforo à nossa frente, devemos por cautela dar uma rápida olhadela para os lados, sem perder a atenção da via em frente. Procedimentos semelhantes hoje tem o nome de direção defensiva. Outro drama da vida real acompanhei junto à Comarca de Angatuba, interior de São Paulo. Certa mãe estivera internada na Maternidade daquela cidade, para dar à luz. Mas quando a filhinha nasceu e lhe apresentaram a menininha, ela olhou para o lado. Não quis ver o bebê e, logo que pôde, desapareceu definitivamente.

O amigo que me contratou e sua esposa haviam-se encantado com a bebezinha e decidiram adotá-la. Era um caso inusitado no Fórum. Reunimo-nos eu, o Promotor Público e o Juiz para encontrar solução, já que perante a Justiça todos os conflitos devem ser resolvidos. Essa é a finalidade principal do Judiciário. Lembro-me de que o magistrado, de tão envolvido na solução do caso, sentou-se sobre a mesa enquanto conversávamos.

Requeri previamente a destituição do pátrio poder em relação à mãe. Mas o Promotor não concordou. O impasse foi resolvido com a concessão da guarda provisória, que naturalmente poderia ser convalidada, no futuro, em adoção. Deram à bela menininha o nome de Angélica. Outro detalhe marcante desse caso foi a forma de pagamento dos honorários. Como o casal era muito amigo, eu nada quis cobrar. Ele me presenteou, então, com uma barraca de camping.

Também bem diferente foi o caso em que atuei na cidade de Sorocaba. Duas igrejas evangélicas digladiavam-se na Justiça pela posse e propriedade de um terreno muito bem localizado. Com o progresso da cidade, o imóvel havia se valorizado muito, daí o alto interesse. Aconteceu que outra Igreja, esta da Capital, também alegava ser proprietária do bem. Estudada a legislação processual, concluímos que o procedimento adequado seria a Ação de Oposição. Por ser um tipo de processo muito raro, em que o autor pretende afastar os outros litigantes e assumir o polo ativo da demanda, o Juiz também não sabia que procedimento imprimir ao feito.

Acontece com alguma frequência o fato de tanto advogados quanto juízes não conhecerem certos procedimentos específicos. Não temos de conhecer todos, mas sim de saber pesquisar suficientemente os meios prescritos na legislação para solucioná-los. Magistrados, especialmente em início de carreira, agem assim. Por isso convém que as partes no processo embasem suficientemente suas pretensões.

No primeiro Tribunal do Júri de São Paulo

Como amplamente sabido, os crimes dolosos contra a vida não são julgados por um Juiz comum, mas por sete pessoas da sociedade que, num caso específico, são erigidos à condição de juízes. Atuei durante dois anos na condição de jurado do Primeiro Tribunal do Júri de São Paulo, o mais movimentado do país naquela época. Presenciei julgamentos cujos crimes imputados aos réus, de tão chocantes, pareciam não ter acontecido no planeta Terra.

Num deles, o acusado, que morava em barraco na periferia da cidade, havia segurado pelas pernas a filhinha recém-nascida, que girou vigorosamente no ar, atirando-a à parede. Morte instantânea. Além disso, numa cama do mesmo barraco encontrava-se deitado o pai do criminoso. Ao ver que o ancião acompanhara o drama, ele o apunhalou e o exterminou também. Pôs fim a duas gerações em poucos minutos, como disse o promotor que o acusava.

Durante o longo julgamento, no momento em que o juiz facultava formulação de perguntas por parte dos jurados, quando a mãe do bebê prestava depoimento perguntei-lhe como era o comportamento do réu para com sua filhinha. A mãe afirmou que era muito carinhoso, preparava mamadeira, trocava as fraldas etc. Concluí que era caso de insanidade mental. Na hora do julgamento, em sala isolada, colheram os votos dos sete jurados. Seis pela condenação a dezoito anos e meio de prisão, um pela absolvição, com aplicação de pena de internação em hospital psiquiátrico, até que recuperasse a plena capacidade mental. O voto unitário era o meu.

Terminado o julgamento, conversei com a advogada, que na época era dativa, ou seja, advogava gratuitamente. Perguntei-lhe se não concordava com minha tese de que o réu era portador de grave doença mental. Afirmou que sim, mas que essa linha de defesa teria dado mais trabalho a ela... Incrível, o destino de um ser humano decidido por comodismo. Atualmente existe a Defensoria Pública, que, certamente, não agiria daquela forma displicente.

Por imposição legal, o nome do réu não era anunciado aos jurados com antecedência. Certo dia, ao chegar ao Fórum, verificamos que ia ser julgado naquela sessão um dos integrantes do esquadrão da morte, grupo que praticava extermínio de pessoas contrárias ao regime militar que governava o país naquela época. Os vinte e um jurados, dos quais seriam selecionados sete, ficamos apreensivos, alguns de nós até assustados, porque os integrantes daquele esquadrão de criminosos representavam ameaça também para os jurados. Para nosso alívio, os advogados pediram o adiamento da sessão do Júri e foram atendidos pelo juiz.

Outro crime de arrepiar foi a julgamento enquanto eu lá servia. Numa cela com nove presidiários, foi trancafiado outro criminoso. Um deles chegou ao novato e lhe disse que o queria como sua mulher. O novo presidiário respondeu que não cederia àquela infâmia, nem que o bandido ameaçador passasse por cima de seu cadáver. Acabou acontecendo. O novel preso apanhou muito, até de madrugada, para ceder à fúria sexual do agressor.

A vítima havia sofrido cirurgia havia pouco tempo. Gritava desesperadamente. Os outros sete presos da mesma cela ficaram ao longe, jogando baralho. Alta hora da noite, a vítima, em agonia, caminhou até a porta da cela e gritou desesperadamente por socorro. Os guardas o socorreram, mas já estava morto. Seus companheiros de cela alegaram que não queriam se envolver... Mundo cão.

Carandiru

Um ato que os criminosos praticam em instantes resulta, muitas vezes, em décadas de prisão e sofrimento, em condições quase inimagináveis para nós que, graças a Deus, vivemos fora desses ambientes. Nos presídios existe assistência religiosa e observam-se, entre os convertidos, atitudes mais serenas. A fé e a esperança lhes instila alento para cumprirem seus tristes destinos. O livro *Estação Carandiru*, de Dráuzio Varela, traz relatos de atrocidades que aconteceram nessa penitenciária. São constatações que ele fez quando servia como médico naquele local.

Dos vários pavilhões que existiam no Carandiru, um deles era reservado a detentos portadores de deficiências, das mais diversas origens. Era um prédio de cinco andares. Diferentemente das outras alas do presídio, essa tinha redes entre os pavimentos. Curioso, perguntei qual o motivo. A resposta: muitos dos presos que cumpriam pena ali saltavam para a morte.

Grande parte dos detentos daquela área estava cumprindo pena naquele pavilhão porque, devido à deficiência que portavam, eram espezinhadas por certas pessoas. Desesperados com a situação terminavam, às vezes, atacando aqueles seres destituídos de compaixão que os haviam fustigado. Fiquei chocado com aquele depoimento.

Que sina triste a daqueles seres humanos! Já portavam o sofrimento físico decorrente da deficiência. Além disso, eram agredidos moralmente. E mais dramático ainda: em decorrência desse tratamento desumano, cometiam crimes e eram condenados a cumprir longas penas. E alguns deles mergulhavam para a morte. Como é fundamental o respeito! É a pedra angular do mundo.

O perigo mora ao lado

Navegamos durante vinte e quarto anos nos mares revoltos e sombrios de uma ditadura militar que agia com mão de ferro. Os estudantes, especialmente de Direito, eram muito visados. Nesse longo período, houve, comprovadamente, pelo menos dois agentes do SNI/Operação Bandeirantes na minha marcação. Apareciam do nada no nosso convívio, em geral sentando-se na carteira ao lado da minha, nos cursos que eu frequentava. Um deles, simulando amizade, aproximou-se da minha família. Eu de nada suspeitava.

Anos depois o encontrei perto do Fórum João Mendes. Confessou que era da repressão; que tinha levado tiros; que passou por riscos. Lamentei, mas dei graças a Deus por ele não me ter levado aos porões da ditadura. Outro, igualmente sentando-se ao meu lado no Curso Vestibular de Direito, onde apareceu misteriosamente, convidou-me para treinar inglês com norte-americanos, militares da força aérea dos EUA. Eles estavam hospedados no Hotel Danúbio, na Rua da Consolação. Perguntei qual era a missão deles no Brasil. Então veio a provocação. Informaram que faziam levantamento aereofotogramétrico das jazidas de ouro da Amazônia brasileira.

Eu nem cogitava a possibilidade de tratar-se de instigação para que me colocasse em posição contrária a essa ofensa ao Brasil. Pela lógica, essa pesquisa deveria ser realizada exclusivamente por brasileiros, já que não havia naquele tempo os satélites espaciais. Eu nada disse, ou por ingenuidade, ou por não demonstrar posição a favor dos militares e nem dos terroristas. O fato é que saí livre, mas nunca logrei aprovação para ingresso nas Arcadas, Faculdade de Direito da USP, no lago São Francisco. Estudar ali era meu sonho dourado.

No exame vestibular, alcancei nota que tangenciava aprovação. Recorri, mas, contrariamente ao que ocorreu com recursos de amigos na mesma condição, fui reprovado. Nesse ínterim, a Faculdade de Direito de São Bernardo do Campo iniciava atividades. Fui um dos primeiros colocados no vestibular. O que parecia uma tragédia moral para mim, mais uma vez mostrou que aquele fato, a reprovação, viera para meu bem. A Faculdade de São Bernardo, localizada na periferia da capital paulista, foi bem menos visada que a USP.

Surgiram grupos armados, terroristas, que lutavam contra a ditadura e pela implantação do comunismo: COLINA, POLOP, VPR, Guerrilha do Araguaia e outros; Carlos Marighela, da ALN e Antônio Lamarca, ex-capitão do Exército Brasileiro, figuravam entre os líderes mais expressivos daquela facção de extrema esquerda, que contou também com Dilma Rousseff, Dirceu, Genoíno e tantos outros em suas fileiras.

Violência gera violência. Assaltos, assassinatos, insanidade sem fim faziam parte do dia a dia desses facínoras. A repressão por parte dos militares cresceu, atingindo inusitada violência. O livro de Frei Beto, *O diário de Fernando*, dá uma boa ideia das atrocidades cometidas pelas forças da repressão contra religiosos. Destaque merecem os cardeais Dom Paulo Evaristo Arns, de São Paulo, e Dom Elder Câmara, de Olinda, na defesa que destemidamente assumiram contra os excessos.

Colegas meus foram perseguidos e muitos deles punidos, mesmo inocentes. A *culpa* de um colega torturado foi ter escrito numa redação, estranhamente solicitada por um professor que havia surgido do nada. O tema era "A transamazônica no contexto político nacional.". O termo *político* acendeu sinal amarelo para mim. Dei uma de mineiro, fiquei em cima do muro. Esse colega expressou o que tantas pessoas razoáveis da época pensavam: seria enorme desperdício construir uma estrada de altíssimo custo, no meio da mata, para ser invadida pela floresta.

O colega desapareceu por três meses. Quando voltou estava esquálido, muito magro, pele amarelada. Nada declarava sobre o que lhe havia acontecido. Outro colega, líder do diretório acadêmico, fez um discurso tecendo críticas ao regime. A partir do dia seguinte, não mais apareceu. Sumiu para sempre. Certo dia, quando eu trafegava de ônibus pela Avenida Paulista, uma jovem sentou-se ao meu lado. Estava muito assustada, e começou a relatar, quase aos borbotões, para acalmar-se um pouco:

— Há poucos minutos, quando andava pela calçada aqui na Paulista, vi duas pessoas desceram de um carro, pegaram um transeunte e o encostaram à parede. Seguraram-no firmemente pelos braços. Uma terceira pessoa sacou de uma arma, apontou para a cabeça do homem imobilizado e disparou. Ele caiu no chão, morto, e o sangue se esparramava pela calçada. No mesmo instante, surgiu uma ambulância, atiraram seu corpo dentro do veículo, do qual saíram algumas pessoas e limparam totalmente a calçada. Dez minutos depois, pessoas transitavam normalmente pelo local, sem ao menos imaginar a brutalidade que havia acontecido ali.

Naquela época, eu trabalhava no BB, agência Jabaquara, que, por sinal, foi assaltada por terroristas. Na mesma bancada em que eu conferia a contabilidade dos cheques, mais três colegas me acompanhavam nessa tarefa. Um deles havia servido no exército, por um ano como de praxe, mas na condição de PE, polícia especial, pois tinha estatura avantajada. Alto e magro, os colegas brincalhões o apelidaram de "João Petrópolis", dizendo que era alto e fresco.

Pois foi desse colega que ouvi outro relato assustador. Ele serviu no quartel do Segundo Exército, localizado no Ibirapuera, não muito longe do nosso local do trabalho. Mesmo concordando com a ditadura militar, relatava fatos que presenciou durante o ano em que serviu naquele Quartel, na condição de sentinela. Ele não tinha patente para frequentar o interior do prédio. Foi dali que viu, durante um ano, passarem pelo portão muitos jovens, presos. Disse que, quando servia à noite, ouvia gritos lancinantes vindos do interior do edifício.

Completou afirmando que, dois ou três dias depois de cada prisão, via saírem os corpos para sepultamento. Cerca de dez cadáveres foram levados nessas condições durame o ano em que serviu. Disse ainda que, em certos presídios, mães desesperadas chegavam à porta implorando para ver seus filhos. E que não era incomum ouvir dos responsáveis pela prisão, que permitiriam a visita desde que elas tivessem relações sexuais com eles. Conduta repugnante ao extremo.

Foi mais ou menos por essa época que, nas dependências do Segundo Exército, aconteceu o assassinato do jornalista Vladimir Herzog. E havia médicos que providenciavam laudos cadavéricos falsos. Ainda dessa época vem a lembrança de um colega de banco que vi certa manhã, distribuindo, de mesa em mesa, panfletos que conclamavam a greve por aumento salarial. Um dos chefes de setor, fanático, pegou no mesmo instante o panfleto que fora colocado em sua mesa, exclamando, em tom de voz alterado, que aquilo era insuportável. Desceu para comunicar aos superiores.

A partir do dia seguinte, esse moço não mais compareceu ao trabalho. Nunca mais o vimos. Soube depois que sua mãe conseguira vê-lo, jogado no fundo de uma cela, braços e pernas quebradas e condenado a vinte e cinco anos de prisão. Em outra ocasião, enquanto prestava serviço na Agência Indianópolis do BB, fui procurado pelo colega Honório. Olhos azuis e brilhantes caracterizavam a bondade e compreensão que lhe eram inerentes. Pedindo que eu guardasse sigilo sobre o que iria relatar, tirou do bolso do paletó um rosário. Segurando-o na mão, disse-me em tom confidencial:

— Leiva, estou indo mais uma vez ao DOPS prestar depoimento ao delegado Fleury. Cada vez que compareço lá, de tudo o que vejo e ouço naquele ambiente, fico em dúvida se sairei com vida. Se eu não voltar, comunique-se com minha família e faça o que puder por ela. Chocado, lembrei-me de que ele havia sido gerente de uma das Agências do BB no Vale do Paraíba. Essa dependência fora assaltada por terroristas, que buscavam fundos para práticas criminosas, como atentados, sequestros, fuzilamentos.

Quando os agentes policiais visitaram o local, uma servidora, que servia café aos funcionários e tinha deficiência visual, havia declarado que vira um dos assaltantes falando com o gerente, que era esse meu amigo. Foi o bastante para que o prendessem, colocando-o na condição de incomunicável. Um seu irmão tentou visitá-lo, foi impedido e caiu fulminado por síncope cardíaca, na entrada do presídio. No dia seguinte, ocorreria o sepultamento.

Honório implorou, emocionado, que lhe permitissem comparecer ao sepultamento, para dar o último adeus ao irmão. O pedido foi negado, sob a alegação de que "bandido não tem sentimento". Tratamento desumano e atitude chocante. Pouco tempo depois, fomos ao sepultamento desse querido amigo. Caiu fulminado também por síncope cardíaca. O delegado Fleury, por sua vez, morreu num acidente, em Ilha Bela, em circunstâncias bastante estranhas, pois a embarcação da qual caiu estava atracada.

No ano de 2020, em que infelizmente o coronavírus assustou o Brasil e o mundo, tenho quase certeza de que os poucos irmãos brasileiros que preconizam a volta da ditadura militar não conhecem a realidade dos fatos acontecidos naquele período.

Num determinado dia do ano de mil novecentos e sessenta e oito, quando fazia a barba pela manhã, ouvi no rádio do banheiro, pela primeira vez, a música "Por que dizer que não falei das flores", de Geraldo Vandré, interpretada por ele mesmo. Nesse ano foi baixado o AI 5, o instrumento mais violento da ditadura militar. Enquanto ouvia aquela música, eu já imaginava o que aconteceria com Vandré. Não deu outra. Preso, torturado, maltratado, terminou por exilar-se no Chile, país que acolheu também Fernando Henrique Cardoso.

A ditadura ainda não havia sido implantada naquele país. Vandré foi pessoal e profissionalmente destruído. Nunca mais conseguiu sucesso com suas músicas. Em mil novecentos e setenta e três, os meios de comunicação anunciavam que o presidente chileno Salvador Allende havia se suicidado. Não era verdade. Foi morto pela força aérea daquele país. Era o começo da negra repressão por lá. Relembro ainda que a chamada Marcha com Deus pela Pátria e pela Liberdade aconteceu da seguinte forma: os comerciantes paulistas liberaram seus empregados do trabalho às 15h00 no dia em que ocorreu essa passeata.

A Rua Direita, normalmente lotada de pedestres, ficou mais atabalhoada ainda. Filmaram e divulgaram alegando que era o povo que saía às ruas pedindo a ditadura. Observo que todos os países da América do Sul sucumbiram ao domínio militar, pois essa estratégia fazia parte de plano quinquenal concebido pelos Estados Unidos para a América do Sul. Daí me vem quase a certeza de que neste momento do Brasil, ainda que a política esteja um tanto convulsionada, não há condições para implantação de regime militar, pois essa possibilidade não interessa aos EUA.

A censura, especialmente da imprensa, era rigorosíssima. Eu assinava o jornal *O Estado de São Paulo*. Diariamente o matutino trazia, em sua primeira página, receitas de bolo de cenoura, de laranja etc. Censura rigorosa. Entretanto resolvi inteirar-me um pouco do que acontecia no mundo, especialmente no Brasil. Assinei a revista *Time*. Redigida exclusivamente em inglês, não despertava interesse dos censores. Aprofundei-me bastante no conhecimento da língua inglesa, o que me facultaria, no futuro, viajar por vinte e dois países, sem grandes dificuldades de comunicação.

Guardo em minha estante o livro *A verdade sufocada*, que me foi gentilmente dedicado pela esposa do Cel. Carlos Alberto Brilhante Ustra, já falecido. Como é sabido, ele foi um dos mais ferrenhos combatentes que atuaram contra as forças de esquerda. Em 2008, frequentei o curso de pós-graduação em Excelência Humana, ministrado com orientação do filósofo Pierre Weill, na Unipaz, em dependências de uma propriedade rural localizada no Entorno do Distrito Federal.

Comentava-se que aquele sítio pertencera a um dos integrantes da repressão militar, eminência parda do governo, e que para aquele local eram levados opositores ao regime. Ali teriam sido espancados torturados e, muitos deles, mortos. O professor Pierre havia adquirido aquela propriedade não somente para instalar a Universidade Internacional da Paz, mas também para resgatar a memória dos que ali haviam perecido. Segundo historiadores, foram cometidos excessos dos dois lados. Procuro, enfim, informar-me sobre as forças antagônicas que se digladiavam naquele período sombrio. Mas, como dizia Sócrates, "Só sei que nada sei".

A vida continua

Enquanto se desenrolava no Brasil e em toda a América do Sul aquele quadro sombrio das ditaduras militares, tínhamos de nos autopoliciar permanentemente, para não cair nas malhas da repressão ou dos terroristas. Ainda assim eu progredia, apesar dos percalços que a vida cotidiana apresentava. Em determinado período, fui chefe dos transportadores de dinheiro. Carros fortes carregados de valores trafegavam sob minhas ordens. Fui também caixa executivo.

Às vezes ainda me vêm à memória as acusações que me arrasaram quando menino. Eu nada devia. São lembranças que o vento levou.

Apanhei, doeu física e emocionalmente. Mas provavelmente as agressões injustas que sofri, por terem sido tão marcantes, tenham implantado em minha alma a ideia absoluta e definitiva de que aquilo que não me pertence tem de ser respeitado como algo sagrado. Minha conta-corrente no BB, aberta em 1963, ano de meu ingresso nos quadros da empresa, jamais foi fechada. Comerciantes quando veem meus cheques com esses dados, ficam ansiosos para recebê-los. Raridade.

Com o progresso profissional e, consequentemente, financeiro, adquiri um pequeno sobrado de 2,75 m. de frente, mas muito bem localizado. No Planalto Paulista, próximo ao aeroporto de Congonhas. Enquanto morávamos ali, nasceu nosso primeiro filho. O nascimento do menino, belo e saudável, trouxe alegria e encantamento. Não me cansava de olhar para o bebê, admirando a perfeição de seu corpinho, acompanhando seus movimentos e progressos.

Fiquei em estado de graça e o apresentava aos familiares e amigos com orgulho e intensa alegria. Tirava muitas fotografias.

Quando o apresentamos à minha avó paterna, em Marília, obtive um flash impressionante: ela o sustinha no colo e o admirava com muito enlevo e amor. Minha rotina física e mental mudou completamente, exceto no trabalho. Mas até nesse âmbito tudo me parecia mais leve; os problemas normais da vida já não eram tão difíceis de resolver. Durante uma madrugada fria paulistana, o bebê começou a chorar. Nada grave. Apenas pequenas dores comuns em bebês. Não tínhamos em casa o remedinho adequado.

Peguei o carro, às 02h30 da madrugada, e dirigi-me ao centro da cidade, que não era perto, pois somente lá havia farmácia aberta naquela hora. Lembro que trafegava pelas ruas sorrindo de alegria, enquanto percorria o trajeto. Não sentia qualquer cansaço ou desconforto com a tarefa. Nessa época eu trabalhava na Agência Central do BB em São Paulo. É um prédio majestoso, com mármore Carrara revestindo o salão de entrada e as paredes das escadarias.

No lado em que o edifício faz divisa com a Rua São Bento, eu estava no terceiro andar. Do outro lado da rua, havia uma loja de discos. Tocava música o dia inteiro. Sucesso da época era a canção da banda grega Aphrodite's Child "Rain and tears". Belíssima música, que aprecio e ouço até hoje, quarenta e cinco anos depois daquele dia, 16 de dezembro de 1975. Eu a cantava para o bebê, que ficava prestando atenção, com seus olhinhos perscrutadores. Tempos depois inovei, pois ele já estava mais crescido e conseguia entender. A letra passou a ser: "Chuva cai, na cabeça do papai." Hoje faço essa mesma brincadeira com o filho dele, meu querido netinho de nove anos de idade.

Certa vez, quando meu primeiro filho tinha dois anos e meio, deu-nos um grande susto: quando entrei na sala, já na casa do Campo Belo, lá estava ele sentado no tapete. Porém de sua boquinha escorria saliva vermelha. Ao lado dele, uma caixa de remédio psicotrópico que eu tomara havia muito tempo e, deixando de tomar, guardei estupidamente, mesmo com prazo vencido e, ainda mais, ao alcance do pequeno. De tão assustado, meus pés não se despregavam do chão. Consegui respirar e chamar minha mulher.

Voamos para dentro do carro e dirigi em alta velocidade para o Pronto Socorro Infantil Curumi, localizado na Avenida Indianópolis. Imediatamente iniciaram os procedimentos para lavagem estomacal. O médico disse-me para ter coragem e segurar o lençol com o qual haviam imobilizado o menino. Terminado o procedimento nós o levamos ao Hospital Infantil especializado em intoxicações. Constataram que tudo estava bem, graças a Deus. Eu já conhecia aquele hospital porque, quando morava em Americanópolis, havia socorrido uma menina de uns sete anos de idade, que fora atacada por cachorro.

Ela e seus coleguinhas passavam diariamente em frente à casa dos proprietários do cão. Mexiam com o cachorro, atazanavam e iam embora rindo. Certo dia o animal conseguiu escapar e quase estraçalhou a garota. Lembro-me do fato também porque, quando subia a Av. Rebouças, prestes a atravessar a Paulista, não percebi que trafegava na contramão. Guardas de trânsito determinaram que eu parasse. "Multa certa", pensei. Porém, quando olharam para dentro do carro, compreenderam a gravidade do estado da criança, com suas roupinhas banhadas de sangue.

Não apenas deixaram de multar, mas também me indicaram com precisão o percurso que nos levaria ao Hospital Infantil. Em todos os quadrantes do mundo, podemos encontrar pessoas compassivas. Algumas, porém, vivem tão descontentes consigo mesma que não tem a sensibilidade e humanidade desejáveis. Lembro agora que, já morando em Brasília, fui assistir à palestra da Família Schumann, navegantes dos cinco mares. Walfrido relatou um fato, acontecido no outro lado do mundo, em que a conduta dele, que não conhecia os costumes locais, foi extremamente hostilizada pelos nativos.

Queriam atacá-los, até que apareceu alguém e disse aos hostis, na língua deles, que no Brasil aquele navegador também era rei. A cadeira onde ele havia sentado era reservada exclusivamente ao monarca, e quem sentasse ali não sendo soberano poderia ser espancado até a morte. No momento das perguntas, após a palestra, perguntei a Walfrido se os sentimentos fundamentais do ser humano são semelhantes em todos os quadrantes do mundo. Ele meditou longamente na pergunta, como quem se dava conta de algo que não havia percebido, e respondeu afirmativamente.

Tempos felizes

Moramos cerca de sete anos no bairro do Campo Belo. Quando mudamos para lá, meu primeiro filho tinha cerca de dois anos de idade. Tempos de calmaria, familiar e profissionalmente. Em mil novecentos e setenta e oito, a quinze de agosto, o médico que acompanhava a nova gravidez de minha esposa marcara a data do parto. Seguimos para o Hospital Alvorada. A sala onde ela aguardava o nascimento do bebê localizava-se no sexto andar, onde outras seis mulheres também esperavam o momento da chegada de seus filhinhos. Havia uma grande sala de espera, localizada à porta das salas das parturientes.

Esperei por algumas horas, sem ter notícias do nascimento de nosso filho. Porém mantinham-me informado. Uns dois bebês nasceram. Eu ouvia o choro dos pequenos enquanto esperava com ansiedade. Demorava. Resolvi descer para comer um lanche no restaurante próximo, para onde me encaminhei. Quando subia pelo elevador, de volta, na altura do quarto andar ouvi claramente o choro de um neném, vindo do sexto pavimento. Quando escutei aquele choro, tive certeza absoluta de que era meu filho que chegava.

De fato, era ele. Uma criança linda e saudável. Alegria imensa. Cansaço também, devido à longa e tensa espera. Mas eu estava radiante. Mais um belo e forte menininho que iria nos acompanhar na jornada da vida. Planejávamos três filhos, em intervalos razoáveis de dois ou três anos. Porém Deus ou o destino falou mais alto e quiseram que minha mulher engravidasse novamente no prazo de um ano. Nova expectativa, novas alegrias. Tudo correu bem com o novo pequeno, assim como ocorrera com os outros dois filhos. Alegria triplicada.

Porém, como lembra Toquinho na bela composição que fez para sua filhinha recém-nascida, Jade: "Seja feliz, minha filha, enquanto a tristeza estiver distraída"... De fato, neste mundão de Deus estamos sujeitos a situações boas e não tão boas. No ano de 1986, nosso vizinho da casa à esquerda, um empresário paulistano, resolveu mudar-se para outro local, deixando a residência vazia. Era construída num grande terreno. O muro era comum, dividindo os imóveis.

Certo dia, quando eu estava trabalhando no centro da cidade e nossos filhos estavam na escola, bandidos encapuzados pularam o muro, todos armados. Renderam a empregada e minha esposa, mantiveram as duas sentadas em cadeiras, no nosso quarto, e calmamente esvaziaram armários e prateleiras, jogando tudo ao chão. No meu escritório, vizinho ao quarto do casal, encontraram balas de duas armas que eu possuíra quando moço: uma Walter PPK e um revólver Rossi calibre vinte e dois. Ambas eu usara para praticar tiro ao alvo. Com a maturidade, desfiz-me das armas, mas guardei algumas balas da PPK, porque tinham as pontas cor-de-rosa. Os bandidos encontraram essas balas e quase enlouqueceram exigindo a respectiva arma.

Minha esposa disse que eu não mais a possuía. Mas eles gritavam, vociferam com ameaças de atacá-las. Afinal, levaram as duas mulheres para o escritório, amarraram-nas fortemente, cada uma numa cadeira, e as amordaçaram. Carregaram o que conseguiram, não sem antes exigir que ela assinasse um cheque no valor que presumia termos em conta-corrente. Pegaram o documento e se foram. Minha mulher conseguiu deslocar a cadeira e com as unhas rompeu os fios que amarravam a empregada.

Liberta das amarras, ligou para a prima que morava perto e pediu que ela fosse esperar as crianças na escola e as levasse para a casa dela. E que me aguardasse, antes, para avisar-me do perigo. Eu estava encarregado de levar os filhos para casa. Quando cheguei ao local, a prima estava assustada e me relatou o acontecido, para que eu redobrasse os cuidados, pois os bandidos poderiam ainda estar lá. Assim fiz, muito abalado. Quando cheguei, procurei acalmar as duas e dirigi-me rapidamente ao Banco onde mantinha a conta-corrente.

Os bandidos haviam acabado de sacar o dinheiro. Fui à Delegacia, e, quando fiz a queixa, o escrivão informou-me que aquele era o vigésimo sétimo furto registrado naquele dia. Nem deu esperança de deterem os bandidos. Relato esse episódio especialmente para alertar que é muito perigoso ter armas em casa. Assim como é temerário residir em local com terrenos baldios nas divisas. Sou radicalmente contra a ideia de disseminação de armas.

Os bandidos sabem atirar, e o particular, em geral, não. Eles têm muito mais chance de acertar a vítima do que o contrário. Além do mais, quando assaltam, a primeira coisa que buscam são armas. Muito assalto provavelmente tem como motivo principal o roubo de armas de fogo. Dos três assaltos que sofri pessoalmente durante minha vida, em todos consegui acalmar os meliantes e sair ileso, apenas com a perda de bens. Quanto à residência, sempre mantenho seguro contra roubo e incêndio. Penso que o principal motivo de ter saído ileso foi o fato de estar desarmado.

Depois do assalto na residência do Campo Belo, decidi mudar-me para o interior, que imaginava mais seguro. Algum tempo depois, surgiu a oportunidade e comprei uma residência muito confortável em Jundiaí, a sessenta quilômetros da capital, onde continuava trabalhando. Porém, depois de um ano morando lá, senti cansaço pelo fato de ter de viajar diariamente. Resolvi voltar para a Capital e coloquei a casa à venda. Nesse período o governo havia decretado o Plano Cruzado, decidindo coercitivamente que no Brasil não haveria mais inflação.

Vendi a casa a prazo, sem correção monetária. O mercado, entretanto, ignorou a ordem de estabilização dos preços, e o valor dos imóveis começou a disparar. Perdi mais da metade do valor da venda. Minha decepção e revolta foram enormes, pois julguei que havia prejudicado, inclusive, meus filhos com aquela transação imobiliária ingênua de minha parte. Fiquei doente e, pela primeira e única vez na vida, urinei sangue. A agonia durou meses, até que um primo residente em Campinas veio a falecer. Ataque cardíaco. Ele não tinha mais do que cinquenta anos de idade.

Deslocamo-nos até o Cemitério Jardim Flamboyant. Velório, discursos de despedida, aquela tristeza toda. Eu acompanhava tudo, comovido, mas o negócio imobiliário desastroso, pelo qual eu me culpava, não me saía da mente. Quando o caixão baixou ao túmulo, observei que os restos mortais do primo falecido não ocuparam mais do que dois metros de terreno. Naquele instante desprendi a mente do negócio imobiliário desastrado que me roubava a saúde.

Registro esse episódio para alertar os eventuais leitores de que não se deve confiar tanto em governos, muito menos em políticos. A realidade da opressão governamental, que às vezes acontece, não passou despercebida pelos legisladores, que incrustaram nas leis os três princípios basilares protetivos dos cidadãos contra a volúpia dos governantes: Mandado de Segurança, Habeas Corpus e Habeas Data.

Realizando mais um sonho

Minha maior aspiração profissional, naquele estágio da vida, era integrar o quadro jurídico do Banco do Brasil. Advogados daquela área eram e são, ainda hoje, muito conceituados em todos os meios jurídicos. Com muito esforço e persistência, não sem algum sofrimento também, cheguei lá. Esforçado, publicava artigos jurídicos em jornais de grande circulação, como o *Estado de São Paulo*, participava de congressos e iniciei as sustentações orais perante o TRT da Capital paulista.

Esse empenho não passou despercebido pelos dirigentes máximos da Diretoria Jurídica, em Brasília. Fui nomeado e deslocado para a capital federal em 1987. Com direito a dobra salarial, casa para morar e status de assessor jurídico da presidência do BB. Estava realizado profissionalmente.

Aqui em Brasília, nossos filhos cresceram e hoje residimos em um bairro nobre da capital federal, em casa própria. Com minha aposentadoria e a de muitos colegas advogados do Banco, fomos chamados pelo governo Itamar Franco para ativar a Advocacia-Geral da União, cujas atribuições eram desenvolvidas, deficientemente, naquela época, considerando que aquela área de advocacia encontrava-se na esfera da PGR.

Enfrentamos montanhas de processos pendentes. Trabalho que não acabava mais. Permaneci servindo a AGU por dez anos seguidos, a maior parte desse tempo como adjunto do procurador-geral da União (hoje diretor jurídico). Milhares de processos envolvendo interesses do país passaram por minhas mãos. Todos movidos contra a União, o que confirmou o que aprendera na Faculdade: "todos são iguais perante a lei", corolário irrefutável do direito internacional. Mais uma vez, o menino sofrido alcançava altura inimaginável nos palcos da vida. Convivendo com ministros, especialmente do Poder Judiciário, frequentava o Palácio do Planalto, tendo sido apresentado a altas autoridades, inclusive presidentes da República.

Paradoxos da vida

Aquele que sofreu tanta carência, morou em casa de pau a pique e nos cortiços da capital paulista, passou fome e frio, foi espezinhado, acusado injustamente, rejeitado, expulso de casa agora atingia condição privilegiada. Porém as marcas do abandono e da dor sofridas na infância calam profundamente na alma. Mas, longe de me render a elas, sempre as administrei. Paralelamente ao exercício do Direito, frequentei cursos de Relações Humanas (tornando-me instrutor da área), Psicologia, Autoestima, Perdão e Reconciliação; Terapia Comunitária, Universidade Internacional da Paz (pós-graduação em Excelência Humana), Teatro, Locução de Rádio e Televisão, e muitos outros.

Destaque para o Perdão e Reconciliação, que, assim como a fé em Deus, faz parte da essência da vida. Aposentado, tornei-me escritor, com quatro livros publicados, dois deles pela editora mais tradicional do Brasil, a Vozes, de Petrópolis. Não alcançaram grande tiragem, mas estão à venda inclusive na Europa, pela Amazon e pela FNAC. Realizei palestra em universidades, colégios, ministérios e canais de TV. Atualmente produzo e apresento em rádio o programa "Vivendo no amor".

E pretendo aprofundar-me no estudo da "vocação", cuja descoberta e exercício são fundamentais para o bem-estar e o sucesso. Fazer o bem faz bem! Com relação a emprego de que não gostamos, observo que não devemos desde logo "chutar o pau da barraca", deixando precipitadamente o emprego atual, mesmo que não nos realize. Mas sim criar condições para galgar a profissão e o trabalho sonhados. São degraus que às vezes temos de subir para atingir o sonho de realização plena.

Há pouco tempo dirigi-me a Penápolis, encontrei as primas de lá e pedi que me levassem até o túmulo da madrasta, a qual eu desejava perdoar mais profundamente. Assim o fiz. E então percebi que os moradores daquela cidade, com os quais conversei, são agradáveis, acolhedores e humanos. Especialmente a professora do primário, Dona Terezinha, a qual, do alto de seus quase noventa anos, demonstra enorme energia. Contei-lhe minha história, acrescentando que o quebra-cabeça que ela me deu de presente em mil novecentos e cinquenta e um salvou-me a vida.

Ficou maravilhada e sugeriu que eu escrevesse minha trajetória, a qual poderia incentivar jovens nascidos pobres como eu, ou pessoas que passam por dificuldades, a conscientizarem-se de que é possível prosperar, apesar das situações adversas e difíceis que a vida nos reserva. Tal qual aviões, gigantes dos ares que sempre levantam voo contra o vento. A força oposta nos impele e ajuda a cumprir a missão para a qual fomos concebidos, nos insondáveis caminhos do Senhor.

Quando o desânimo ronda, lembro sempre deste poema de força:

Não chores meu filho

Não chores, que a vida

É luta renhida. Viver é lutar

Não chores meu filho

Que a vida é combate

Que aos fracos abate,

Porém que aos fortes

Só pode exaltar.

Refere-se ao bom combate do qual falou o apóstolo Paulo, ou à resistência pacífica, porém ativa, encarnada pelo grande líder indiano Mahatma Gandhi, cujo nome verdadeiro era Mohandas Gandhi, sendo Mahatma um título, grande alma.

Cuidado com a volta às origens

Cerca de quinze anos atrás, voltei aos lugares de origem, como fizera algumas vezes, enquanto deixava em Marília minha mulher e filhos convivendo com a família. Dessa vez passei por Tupã, circulei um pouco pelas ruas com nomes indígenas e, no final da tarde, estava chegando a Adamantina. Estacionei meu Ômega na garagem do hotel Vila Verde, aquele mesmo que me negou emprego quando jovem. Deixei as malas e quis aproveitar os últimos clarões do dia para visitar a Vila onde morei e também onde sofri muito.

Vesti camisa com bolso, onde coloquei a carteira. De bermuda e chinelos nos pés, pois fazia calor, dirigi-me pela rua que leva à estação de trem hoje abandonada. Tantas lembranças... O açougue, o cinema, a sorveteria. Pela estação do trem, deixava-se o centro da cidade. Passei por ela, enveredei pelo caminho formado, como antigamente, ao lado dos trilhos. Depois de andar uns cinquenta metros, verificando que o a trilha estava deserta, resolvi olhar para trás. Vi um jovem, não a mais de vinte metros de distância, camisa azul, que caminhava na mesma direção. Não dei maior importância ao que parecia ser normal.

Porém, depois de caminhar, resolvi verificar de novo. Lá estava ele, guardando a mesma distância.

"Pode ser um assalto", pensei. Fiquei um pouco apreensivo, mas continuei. Até porque não havia como desviar. Mais alguns metros de caminhada, já muito preocupado, percebi que vinha uma família em sentido contrário, do outro lado dos trilhos. Num relance, imaginei saltar para aquele lado do caminho, juntar-me a eles, retornar à estação e depois seguir para o hotel. Entretanto resolvi continuar.

Foi então que me dei conta, assustado, de que saltavam à minha frente. Era o rapaz que me seguia. Falando alto, mas quase em tom amistoso, chamou-me de tio, e anunciou o assalto. De repente desapareceu a fugaz amistosidade, tornou-se violento e gritou em tom ameaçador:

— Tô com revólver apontado pra sua testa. É um tiro só... Passe todo o dinheiro ou morre.

Mais do que assustado, em estado de choque, ainda me lembrei de que deveria agir com calma e procurar tranquilizar o assaltante para que ele não atirasse em mim. Disse-lhe:

— Calma! Vou lhe entregar todo o dinheiro que tenho. — E perguntei se poderia mover a minha mão até o bolso. Acenou com a cabeça positivamente. Abri a carteira. Cento e cinquenta e dois reais, além dos documentos. Quando viu as notas, parece que se acalmou um pouco, mas a arma continuava apontada para mim.

Entreguei-lhe, com movimentos lentos, todo o dinheiro que portava. Ele disse para que eu não virasse para trás, senão morreria. Pensei que ia atirar, pois não usava máscara, deixando-me em aberto a possibilidade reconhecê-lo. Caminhei uns vinte metros para frente e então resolvi olhar para trás. Ele ia correndo e confirmei a cor da roupa que vestia. Camisa azul, bermuda cinza, tênis também cinza e meias também de cor cinza. Estanquei os passos, porque a dor que sentia na altura dos rins quase me fazia desmaiar. Olhei para os lados.

Não muito longe dali, havia um quartel do Corpo de Bombeiros. Desci pelo barranco e, ainda muito assustado, pedi ajuda ao militar de plantão. Sugeriu que eu esperasse, pois chamaria uma viatura. Os dois policiais que vieram no veículo pediram que os acompanhasse nas buscas. Rodamos durante mais de meia hora pelos bairros periféricos e também pelas ruas paralelas à linha férrea. Nada de ver o assaltante. Fui tratado pelos policiais com cortesia e palavras de encorajamento.

Diante das autoridades locais

Disseram, então, que deveríamos comparecer à Delegacia, registrar queixa. Quando me apresentei ao delegado e mostrei os documentos, ele olhou para a identidade funcional, depois me fixou com um leve sorriso e exclamou:

— Advocacia-Geral da União! Brasília! — disse com simpatia e admiração. — Fique tranquilo, nós pegaremos o bandido.

Com o cartão Visa em mãos, ainda consegui jantar no restaurante situado em frente ao jardim, hoje com enormes árvores, cujo plantio eu havia acompanhado quando garoto. Fui para o hotel. Mas o sono demorava a chegar, obviamente. As emoções tinham sido muito fortes. Pela meia-noite, quando afinal consegui adormecer, tocou o telefone da cabeceira da cama.

— Nós somos policiais da Delegacia, e o Dr. Delegado pediu que o senhor comparecesse, por gentileza, para reconhecer um suspeito. Nós o levaremos e traremos de volta. Não vai demorar muito.

Concordei relutante. Quando desci à calçada, já estava bem frio. Em pouco tempo, chegamos à Delegacia. O delegado me esperava do lado de fora do prédio. Explicou que haviam prendido um suspeito e pedia que eu o reconhecesse. Argumentei que o preso não poderia ver-me. Ele disse que não haveria problema, eu olharia por um orifício da parede. Mas o suspeito não me veria. Observei longamente para um jovem algemado. Camisa azul, bermuda cinza, tênis. Tive quase certeza de que era ele. Mas relutei, procurei algum obstáculo para não incriminar injustamente o jovem. Tinha motivos fortes para assim agir, pois eu também fora um moço sofrido, naquela mesma cidade.

Argumentei que tinha dúvidas, eis que aquele rapaz não estava de meias, e o assaltante, sim. E que o tom de azul da camisa poderia não ser aquele. Falei também que o valor roubado era cento e cinquenta e dois reais, e não os cento e dois que disseram ter encontrado com o assaltante. Mas era ele sim! Então o delegado afirmou que, se eu estava em dúvida, melhor seria não incriminar o moço. Levaram-me de volta para o hotel, quando o relógio já marcava uma hora da manhã.

Ainda o som estridente

Deitado, mais uma vez o sono demorava a chegar. Era muita emoção para um só dia. Quase às três da madrugada, quando o sono profundo, em grande parte decorrente do cansaço, ia me levando à inconsciência, o telefone tocou novamente, estridente.

— Somos da Delegacia — disseram ao telefone. — O delegado pediu encarecidamente para que o senhor nos acompanhe, pois surgiram fatos novos. — Concordei a contragosto e, minutos depois, lá estava de novo. A autoridade policial argumentou que o suspeito confessara que ter gasto a diferença de valor em jantar.

Novo sinal para meu coração que, naquele momento, sentia compaixão pelo jovem. Olhei novamente para ele e argumentei que aquele que me assaltara calçava meias. Ele contra-argumentou alegando que o suspeito tinha meias, sim, mas que foram "engolidas" pelos tênis durante a corrida de fuga. Segui minha consciência e afirmei que ainda tinha dúvidas. O delegado desistiu. Disse que se eu não tinha certeza teria de libertar o jovem. Novamente de volta à cama do hotel, o sono me venceu. Dormi profundamente.

Acordei assustado, com um anúncio das Casas Pernambucanas, que ia ao ar por meio de caixas de som: "Retalhos de tecidos de primeira, a preços incríveis...". Eram oito horas da manhã. Ao levantar-me, a consciência me cobrava. E se ele assaltar outras pessoas por eu tê-lo livrado da prisão? Lembrei então de que trouxera comigo meu primeiro livro, *Lições para uma vida despreocupada e feliz*, contendo mil textos da sabedoria mundial, com mensagens de otimismo, evolução profissional e espiritual, tudo de bom.

Quando já deixava a cidade, passei de novo pela Delegacia. O delegado não estava. Pedi ao escrivão que entregasse a ele um exemplar do livro. E que ele entregasse ao suspeito o outro exemplar que deixei. Eu tinha quase certeza de que a polícia sabia quem era ele e onde o encontrar. Avaliei que o empenho na captura devera-se ao fato de eu desempenhar cargo importante na capital federal. Se o queixoso fosse alguém de estatura considerada menos importante, talvez a prisão não tivesse acontecido tão rapidamente.

Reprovação e ressurreição

Recebi duras críticas por parte de alguns parentes pelo fato de ter liberado o rapaz. Agravaram minha dor moral. Mas não sabiam que, na hora de denunciar, pensei nitidamente que eu mesmo poderia ter sido um daqueles assaltantes. Por isso tentei salvar aquele moço. Não me arrependo de ter assim agido. Era o que tinha a fazer! Quem sabe ao chegar aos umbrais do paraíso eu o encontre novamente. Então poderei receber a feliz notícia que meu ato de compaixão o salvou de morrer à bala, o que acontece com muitos assaltantes.

Já há muito tempo, busco enxergar e aproveitar a lição escondida em cada acontecimento da vida. Especialmente nos desagradáveis. Nesse caso do assalto, aprendi que devemos evitar voltar, ainda que em pensamentos, aos locais do passado que relembram e evocam sofrimento. Voltar a eles, especialmente em nível mental, sim. Mas apenas para analisá-los, procurar seu sentido maior e, ato contínuo, ressignificá-los. Isto é, lembrar-me de que atualmente, na condição de adulto, ele já não tem a força que tinham naquela época.

Prova disso são os fatos que já relatei: quando criança enxergava as pessoas enormes, não porque o fossem, mas sim porque eu era pequenino. Como a história do fogão de lenha do sítio de Tupã. Na minha mente, antes de voltar àquele local, eu nem alcançava sua parte superior. Constatei, nessa visita, que sua altura não passava do meu umbigo. Ressignifiquei na hora. Assim também aconteceu com as pessoas que aparentemente me prejudicaram, cujas lembranças já não me causam rancor. Pelo contrário, despertam misericórdia. Assisti, recentemente, mais uma vez, com meu netinho, ao filme *Kirikou e feiticeira*, uma animação francesa baseada em lenda africana.

Nessa história, o ancião da família do menino Kirikou ensina-lhe que a Feiticeira Kalabá, vilã do filme, não era má. Porém agia com maldade porque tinha cravado um espinho em sua coluna vertebral, o que lhe causava dor o tempo todo. Seria uma alusão aos nossos pecados, reais ou imaginários? Às culpas que armazenamos em nosso coração? Pode ser. O ancião alegava que ela não queria, de forma alguma, que esse espinho fosse retirado. Mas o menino herói o retira.

Então ela se transforma na pessoa cheia de doçura, que ele pede em casamento. Lembrei-me de certa história, segundo a qual uma pessoa chegou diante de Jesus, que está à direita do pai, para a entrevista que todos teremos algum dia. Jesus fixou os olhos nesse humano, que desviava o olhar, persistentemente, do rosto do Mestre. Não tinha coragem de encarar diretamente. Jesus lhe pergunta o porquê daquela conduta, ao que ele responde constrangido:

— O pecado, *aquele* meu pecado.

O Salvador lhe responde, com profundo carinho:

— Que pecado? Eu nem me lembrava mais dele.

Essa história tem muito a ver a conduta humana. Especialmente daqueles que, como eu, sofreram rejeição e abandono, especialmente nos primeiros anos de vida. Sabe-se hoje que a rejeição profunda resulta em sentimento de culpa. Só as luzes do conhecimento e a Graça, incidindo sobre aqueles pensamentos arquivados na mente carregados de emoções, podem minimizar ou eliminar tal sofrimento.

Epílogo

Como antes afirmado, minha eterna mestra, dona Terezinha, sugeriu que escrevesse esta história, para incentivar aqueles que viessem a ler este livro. A professora reside numas das ruas principais da cidade de Penápolis, via que, por sinal, leva seu sobrenome, Sabino. A ela dedico este livro. Dedico-o também aos parentes e amigos que me acompanharam nas estradas da vida, e que toleraram minhas contingências negativas, ditadas por tanto sofrimento.

Sou grato também à madrasta Amélia, que, afinal, preparando minha alimentação, lavando minhas roupinhas etc., não deixou de ser a mãe substituta, figura imprescindível no desenvolvimento da criança. Pela carência afetiva que sofri, por falta de mãe e certa indiferença do pai, tenho certeza de que eu era uma criança difícil, traumatizada.

Longe ter por objetivo demonstrar orgulho, ou gabar-me, este relato se destina a mostrar a jovens e adultos que é possível, sim, vencer as dificuldades, por maiores que sejam, e progredir na vida, alcançar o sucesso profissional e familiar.

Esse longo trajeto não foi percorrido sem contratempos, tristezas e alegrias, luz e sombra. Essa é a matiz essencial da vida. O esforço, a consideração pelo próximo, o respeito e a fé inabalável em Jesus Cristo garantem o êxito na longa estrada da vida. Fazer o bem faz bem. Como afirmou o apóstolo Paulo: "Combati o bom combate (aquele de fazer prevalecer o bem); guardei a fé". E aguardo serenamente o dia do reencontro com o Criador, a volta ao lar.